稼穑詩文

蔡铭泽　著

暨南大学出版社
JINAN UNIVERSITY PRESS

中国·广州

图书在版编目（CIP）数据

兴稼诗文/蔡铭泽著.—广州：暨南大学出版社，2019.9
ISBN 978 - 7 - 5668 - 2682 - 4

Ⅰ.①兴… Ⅱ.①蔡… Ⅲ.①诗集—中国—当代②散文集—中国—当代
Ⅳ.①I217.2

中国版本图书馆 CIP 数据核字（2019）第 164556 号

兴稼诗文
XINGJIA SHIWEN
著　者：蔡铭泽

- -

出 版 人：徐义雄
策划编辑：潘雅琴
责任编辑：梁念慈
责任校对：赵晓莹
责任印制：汤慧君　周一丹

出版发行：暨南大学出版社（510630）
电　　话：总编室（8620）85221601
　　　　　营销部（8620）85225284　85228291　85228292（邮购）
传　　真：（8620）85221583（办公室）　85223774（营销部）
网　　址：http://www.jnupress.com
排　　版：广州市天河星辰文化发展部照排中心
印　　刷：深圳市新联美术印刷有限公司
开　　本：787mm×960mm　1/16
印　　张：11.25
字　　数：180 千
版　　次：2019 年 9 月第 1 版
印　　次：2019 年 9 月第 1 次
定　　价：58.00 元

（暨大版图书如有印装质量问题，请与出版社总编室联系调换）

作者简介

蔡铭泽，生于1950年代中，湖南岳阳人。暨南大学二级教授，博士生导师。本科和硕士研究生毕业于湘潭大学历史系，获历史学学士学位（1982）和法学硕士学位（1987）；博士研究生毕业于中国人民大学新闻学院，获法学（新闻学）博士学位（1993）。先后在湘潭大学、中国人民大学、广州师范学院、暨南大学任教。曾任广州师范学院新闻传播系主任、暨南大学新闻与传播学院院长，兼任国家教育部高等教育新闻传播学科教学指导委员会委员、中国新闻史学会副会长、广东省新闻学会副会长。发表学术论文近百篇，出版专著6部，主编教材1部，参撰专著与教材6部。其中，《中国国民党党报历史研究》（团结出版社1998年9月出版，2013年1月再版，台湾花木兰文化出版社2013年9月出版）、《新闻传播学》（暨南大学出版社2003年出版，2009年第三版，2014年第四版，2018年4月第四版修订，2019年3月第17次印刷）、《〈向导〉周报研究》（福建人民出版社2004年8月出版）、《新时期广东报业发展研究》（福建人民出版社2006年4月出版）、《兴稼细语》（暨南大学出版社2012年2月出版，2015年6月第二版，2016年12月第三版）获读者好评。教学科研之余，辄将为人、处世、读书、治学、为文、书翰、诗词之心得著述为文，在《南方日报》《羊城晚报》和《广州日报》等报刊发表。此类文章，言简意赅，文辞考究，粲然可观。闲暇时，爱好诗书，勤于创作，刻苦临摹，精于小楷。

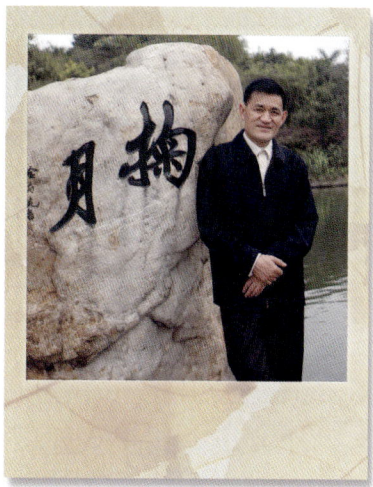

蓋文章經國之大業不朽之盛事
年壽有時而盡榮樂止乎其身二
者必至之常期未若文章之无窮
是以古之作者寄身於翰墨見意
於篇籍不假良史之詞不託飛馳
之勢而聲名自傳於後

己亥之春三月廿六日
興稼蔡銘澤敬書

兴稼诗文

"兴稼"者，兴盛之庄稼也。云梦古泽，荆楚丘陵，有小山村"书稼冲"者存焉。盖闻先祖书香传世，农耕谋生，地名含有"耕读为本"之义。作者生长于斯，魂牵梦萦，丝毫未敢相忘。佳名惠我，好学喜文。每于教学、科研或行政之余，辄将为人处世、读书治学与文墨书翰之心得著述为诗文发表。此类诗文从现实生活出发，谈天说地，论古道今，集思想性、知识性、趣味性和可读性于一体。寒来暑往，日积月累，竟数十篇，蔚然可观。于是，不揣冒昧，细加剪裁，精心摘录，编辑出版。

"诗文"者，吾历年来所作诗文之精选也。余之生也贫寒，及其长成卑贱。然少怀壮志，常思有所作为。奈何时运多舛，资质愚钝，事功碌碌，教学、科研和行政，均无大成。其人也微，所言者轻，未可示人。然诗圣杜甫有云："好雨知时节，当春乃发生。随风潜入夜，润物细无声。"仿效先贤，附丽雅趣，愉人悦己，不亦乐乎？

书分上下两篇。上篇"兴稼细语"精选各类小品 42 篇，此类文章大致以内容关联编次。下卷"兴稼诗钞"收入近年诗作 226 首，此类诗篇概然以时间顺序排列。全书共计收入诗文 268 篇，附录历年著述目录一览表。于此，大致能反映吾治学为文之心路历程。

上述文字，内容各不相同，观感因时而异，难以尽善尽美。然其为文作诗也，概然源自生活，发乎真情。选题新而奇，旨趣高而远，文辞质而朴，篇幅短而精，心致专而勤。依此而言，所有文字皆吾心血之作。诵读之下，略能见其为人处世之道，窥其格物致知之理，察其为文书翰之法。若能悦君子而就有道，则斯愿足矣。

感谢潘雅琴编审和梁念慈、潘江曼编辑的精心编辑和指导。感谢陈初生教授题写书名，他的书艺为本书增添了光彩。

本书出版得到暨南大学新闻与传播学院的资助，在此深表谢忱。

蔡铭泽
2019 年 6 月于暨南大学兴稼轩

目 录

下篇　兴稼诗钞

上篇

兴稼细语

甲子情懷

春秋六十兩鬢風未覺何
年化老翁家境貧寒念慈
父國運滄桑感明公尋章
摘句求真諦染墨揮毫下
笨功物象紛紛隨入眼詩
情裊裊去來中

己亥之春蔡銘澤

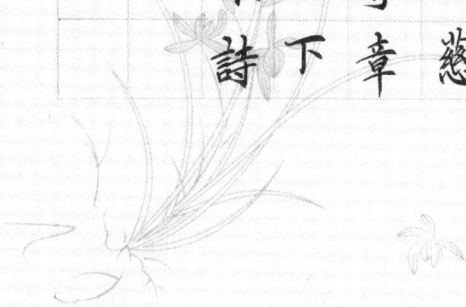

天命可畏乎

公元二○○八年，中华民族苦乐交加，悲喜倍尝。奥运盛典，神舟飞天，千百年梦想终成现实，喜之至也；冰灾肆虐，汶川地震，千百万生灵惨遭涂炭，悲之极也。大喜之时，举国欢庆，齐声称颂，天佑中华；大悲之中，遍地哀恸，万众祈祷，天佑中华。天乎天乎，为祸为福，转瞬变幻，神秘莫测。世人于此，徒兴浩叹，无能为力。天为何物？天有命乎？天命可畏乎？吾人于此，实有探究审思之必要。

天者何物？许慎《说文解字》谓："天，颠也。至高无上，从一、大。"又段玉裁《说文解字注》云："颠者，人之顶也，以为凡高之称。……亦可为凡颠之称。臣于君，子于父，妻于夫，民于食，皆曰天是也。"由此可见，所谓"天"者，其本意乃人之头顶，凡超出人之头顶部分均属天之范畴。人委身于天之下，包容于天之中，时刻感受天之庇护与眷顾，不断赋予"天"以人格化和神秘化的力量。于是，"天"便有了自己的意志，并且成为万物之主宰。

既然"天"有意志，则必有所谓"天命"。命者，令也。天命者，天之令也，天之所以命哲理、命吉凶、命历年、命万事万物演化之循轨也。《尚书·周书·蔡仲之命》云："皇天无亲，惟德是辅；民心无常，惟惠之怀。"此为先民引述自然法则为道德意志，以为人们遵循天命而善尽人事之训诫。究其本意，所谓"天命"者乃为自然演化之规律，似与人命无涉。然而，人为自然之产物，生存于天地之间，天命终究依赖于人命来体认。于是，天命、人命密切相关，天人之际，不可不究也。由是以进，人们逐渐以人意附会于天命，以天命牵强于人意。汉儒董仲舒主张"天人合一""天人感应"，并以阴阳五行之说附会于天命。他说："天亦有喜怒之气，哀乐之心，与人相副，以类合之，天人一也。"此论一出，世道丕变。帝王挟天子之命而独断专行，小人托谶纬之词而蛊惑人心，黎民沦愚昧之域而俯首帖耳。于是乎，专制独裁遂至深固不摇。罪耶功耶，董氏肇其端也。

天既有命，天命可畏乎？对此，人们做出了两种截然相反的回答。孔子虽然不谈鬼神之事，但主张敬畏天命。他说："君子有三畏：畏天命，畏大人，畏圣人之言。"与此相反，北宋改革家王安石却公开宣示："天命不足畏，祖宗不足法，人言不足恤。"以革故鼎新之勇气而论，荆公此言足以振聋发聩，激越千古。然其置天命与人言尤其是众人之言于不顾，则显然失之偏颇。

天命之所以可畏，盖因天命之强悍与人命之脆弱耶。天命之赐福也，大地安宁，碧海静波，日晶月洁，风调雨顺，五谷丰登，国泰民安。天命之肇祸也，日月无光，天昏地暗，山岳崩裂，江海咆哮，瘴疠横行，生灵涂炭。天命强悍，为福为祸，变幻莫测，一至于此，为之奈何？人自诩为万物之灵，然其认识与生存能力毕竟有限。在强悍无比且神秘莫测的天命之前，人命如此渺小和脆弱，以至于其吉凶祸福、生死存亡竟一决于天。以如此渺小与脆弱之生灵，欲生存于天地之间，理应顺从天命，且知天命而用之。奈何，屡有狂妄之徒，每每以人定胜天为借口，逆天命而行之。或大兴土木，或堵绝江河，或崩裂山冈，或毒化空气，致自然破坏，灾祸降临，民生困苦。此类行径看似豪情壮举，实则自绝生机，自速其祸。有鉴于此，老子早已告诫人们清静无为，依道而行。他说："天得一以清；地得一以宁；神得一以灵；谷得一以盈；万物得一以生；侯王得一以为天下贞。其致之也，天无以清，将恐裂；地无以宁，将恐废；神无以灵，将恐歇；谷无以盈，将恐竭；万物无以生，将恐灭；侯王无以为贞而贵高，将恐蹶。"依此而言，天命可畏，绝非虚言耳。

（原载《汕尾日报》2008 年 7 月 31 日）

三种时间观念

时间者，物质存在之形式，连绵不绝之系统也。自晨至昏，昼夜不舍，寒来暑往，四季纷呈，古今嬗递，瞬间永恒。时间之于人也，心能感而身莫能及，玄乎哉，玄乎哉！然细加思量，人们之时间观念约可细分为三。此三者，一曰自然时间观念，二曰历表时间观念，三曰历史时间观念。

所谓自然时间观念者，人与动物意识中时间之自然流转也。例如，日月之轮替，寒暑之相继，四时之易位，此皆循环往复者也。此种时间观念着眼于时间之线形流转，仅强调"过去"和"未来"，基本上没有"现在"。于是，人们容易产生"永恒的过去，无限的未来，短暂的现在"之错觉，从而陷入虚无缥缈之幻境。持此时间观念者，听任时间之自然流转，忽略现时之创造，仅能被动求得简单之生存，难以主动寻觅发展之契机。

所谓历表时间观念者，人文社会之发展于人们意识中之反映也。例如，阳历、阴历、沙漏、打更、钟表，等等，此皆人为规划之计时者也。此种时间观念意在用人文历法来把握现在，帮助人们求得更多发展机遇。历表时间观念立足于现在，强调一个"本"字，如本日、本月、本年度、本世纪，等等。由此，人们有了确切的时间与空间观念，便能总结过去，把握现在，开创未来。然而，此种时间观念仍囿于线形时间之思考，难以预测未来发展趋势。故此，若仅以此种时间观念指导人生与社会之发展，则永远无法窥测人生与社会之真谛。

所谓历史时间观念者，人们全方位思考时空关系，探究历史发展规律之谓也。例如，总结过去，把握现在，预测未来，此皆三位一体、时空交错、立体流变者也。秉持此种时间观念者认为，"现在"由"过去"发展而来，"现在"且预示着"短期未来"之发展。故"现在"为"过去"与"未来"之连接点，是人类社会历史发展之支撑也。人们现在之决定乃根据过去之经验做出，亦将影响未来之发展。于是乎，历史时间观念便将"过去""现在"与"将来"有机地联系在了一起。由此，人们便有了科学决策的依据。正因为如此，人们才能正确总结历史经验，科学规划未来发展，自觉推动现实进步。

自然时间观念、历表时间观念与历史时间观念，均为人类为把握与利用时间、求得生存与发展而创造之标识也。此三者，前后相继，高低有致，未可等量齐观耳。一个人如果仅停留在第一、二两个层次的时间观念之上，只能被动地应付时间之自然流转，无法科学地预测未来之发展趋势。只有在第三个层次，即历史时间观念上把握时间的人，视角才会独到而锐利，思域才会广阔而舒展，从而才能发现常人因熟视无睹而容易忽视的危机，并做出科学的解释，采取合理的对策。

（原载《广州日报》2007 年 4 月 19 日）

传播双循环

"生存"与"发展"是个人和社会面临的两项永恒主题，而"传播"在其中担负着重要使命。

传播者，人类信息交流行为及其方式之谓也。人类社会信息交流中，存在着亲身传播、人际传播、组织传播与大众传播四种传播形式。概而言之，此四种传播形式，又可分为内在传播与外向传播两种类型。所谓内在传播者，乃个人体内传播，亦为个人内在思维活动之谓也。个人通过眼、耳、鼻、身、舌等感觉器官接触外界事物并感受外界信息刺激后，必然进行认知、辨别、选择、理解和利用等一系列思维活动，并由此建立内在思维循环系统。所谓外向传播者，乃个人与个人之间，个人与社会之间通过人际传播、组织传播和大众传播形式所进行的信息交流活动，以及由此而建立的个人与社会之间的信息交流与反馈系统。

就个人而言，健全的内在传播系统是其维持生存的基本保障，良好的外向传播系统则是其求得发展的必要条件。健全的内在传播系统能够帮助人们冷静地审视和过滤外来信息，吸纳、消化、利用和存储其有利信息，并舒缓外来信息所施予的不利刺激，使主体保持心态平衡。良好的外向传播系统可以帮助人们敏锐地捕捉一切有利的外部信息，并将自己所持有的资讯、意见、经验和态度与外界交流，从而将内向传播系统与外向传播系统有机地结合起来，由此构建良好的人际关系，使个体和外部世界处于和谐共振的状态。如果一个人同时具有健全的内在传播系统和良好的外向传播系统，并使它们良性互动，则其生存与发展无忧也；如果一个团体或一个社会同时具有健全的内向传播系统和良好的外向传播系统，并使它们良性互动，则其稳定与繁荣必定实现。

但在现实生活之中，不具备这两种健全而良好的信息传播系统的个人与社会为数不少。《易》云："天地不交而万物不通也，上下不交而天下无邦也。"正是由于内外传播系统不畅通，个人往往乐极生悲，社会往往动乱相继。君不见，多少中小学生因学业重负而离家出走；君不见，多少天之骄子为迷情所困而高楼坠地；君不见，多少影视明星为盛名所累而香消玉殒；君不见，多少高官显爵为贪欲所诱而身败名裂；君不见，多少政团王朝因戕民以逞而分崩离析。内外信息传播系统之不畅，其危害竟至于此，岂不悲哉？此类悲剧一再上演，昭昭在目，震撼心魄，贤明君子不可不细察而深省也。

　　天地悠悠，时序绵绵，生命脆弱，理应珍惜。珍惜之道，生存与发展，传播双循环也！

（原载《广州日报》2007 年 5 月 1 日）

人际网结

"文革"十年，季羡老饱受折磨，人际交往尽失，精神几近崩溃。有《牛棚杂记》记其事：先生以牛鬼蛇神之身，甫出牛棚，邻人视若瘟神，避之唯恐不及。先生回忆道："进商店买东西，像是一个白痴，不知道说什么好。我不敢叫售货员'同志'，我怎么敢叫他们'同志'呢？不叫'同志'又叫什么呢？叫'小姐'，称'先生'，实有不妥。结果是口嗫嚅而欲言，足趑趄而不前。一副六神无主、四肢失灵的狼狈相。"

如是我闻，在人们日常生活之中，存在着无形的人际交流网络。其中，每个人因各自身份、地位和职业不同，而处于不同的交结点之上。此类结点，反映人们之间的相互关系，形诸于人们相互之间的称谓，决定人们相互之间的交往态度及其亲疏程度，是谓人际网结。以此人际网结为中心，由近及远，生发开去，则为家庭、为单位、为社区，为社会也。由此，人们相互结成家人、亲友、邻里、师生、同学、同事、同行、上下级等诸种关系。人海茫茫，关系重重，交融互通，社会无形之巨网成矣。

处此社会网络之中，个人显得多么渺小，多么脆弱！因是之故，个人欲求得生存与发展，必须依从与屈服于社会网络。依从与屈服之道，端在建构与维护个体在此社会网络中所处之人际网结。通过此种人际网结，个人可以连通亲人、亲和同事、交结朋友。于是乎，亲情、友情与爱情俱至，阳光、雨露伴沃土常存。如此，个人之生存与发展，可以无忧矣。反之，人们若迷失或损毁固有之人际网结，则顿感失落，虽身居闹市，举目皆为路人，无异流落荒野。于是乎，茫茫然不知其所向，闷闷兮难以终其日。如此，个人之生存与发展，必然遭受困厄。

奈何人情乖张，世路崎岖，此类窘迫，每每多有发生。人们往往容易损毁或迷失自己固有的人际网络，而陷入迷茫与困顿之中。每际于此，困苦将会降临，人生遭遇挑战，网结面临废弛。然而，有无之相生，难易之相成，正反之相合，新旧之相因。旧有人际网结之崩坏，抑或恰为新型人际网结萌动之先声。处此迷茫困苦之中，世态炎凉昭显无遗，真情假意毕露眼底，自我反省清夜锥心。于是乎，认知趋于真切，品性臻至纯和，网结亟待重构。

人际网结重构之道，在乎亲情之慰藉，在乎友情之交流，在乎爱情之滋润，更在乎自身学识之充盈与夫人格之弘毅。然而，学识充盈与人格弘毅何由而得？曰唯读书而已矣。夫书籍者，知识之载体，智慧之源泉，人生之挚友也。平常之时，若能习而诵之，可以明事理，可以长见识，可以增智慧。困厄之中，若能捧而读之，更觉有如良师益友，可以随时畅谈，可以推心置腹，可以茅塞顿开。于是，心绪得以安宁，学识得以充盈，品位得以提升，人格得以完善，人际网结得以重构矣。人生至此，可谓凤凰涅槃，浴火重生，美好生活重开新局。

人际网结，似乎缥缈而不可见，实则与每一个人须臾而不可离，值得珍视，值得维护，值得重构，值得从中汲取连绵不绝之智慧。

（原载《广州日报》2007 年 12 月 3 日）

智慧最美丽

　　吾师普宁方先生，年逾八旬，鹤发童颜，耳聪目明，笔耕不倦，著作等身。登台授业，文思泉涌，丽辞云飞，恣肆汪洋，尽情挥洒，气概非凡。其思维之精妙、文辞之锦绣、姿态之优美，睹者皆陶醉，闻者尽赞叹。美哉方先生，智慧最美丽！

　　美之为物者，客观外界事物因其符合人的需要而于人们心灵之中所引起的美妙感觉之谓也。山川俊秀、江河奔涌、大地芬芳、绿树红花、青春年少，倩影妙音，皆美也。然而，这一切均须通过人的心灵去感受、去发现、去欣赏、去想象和去创造。因是之故，智慧之美乃美之源泉，美中之最也。

　　"智慧"一词源自古代印度，属于"舶来品"一类。在古代印度佛教教义中，"梵"为宇宙最高之神，是万物的主宰者与生命之本源。而"智"与"真""乐"同为"梵"所具有的三种特性。作为其特性之一的"智"，是梵的一种精神性存在，是"内心之光明"，含有认识与行动之意义。在中文词汇中，与"智慧"相近者为"智力"。所谓智力者，乃是指人的观察能力、判断能力、思维能力、想象能力和发明创造能力之总称也。若以一人之身而兼具上述诸种能力，其优异卓越之资，可想而知也。

　　智慧之为美者，美自何来？曰：顺天理而察人道，竟事功而惠众生，远灾祸而享吉庆也。天地迷蒙，人生其间，困难重重。物竞天择，趋利避害，逢凶化吉，智慧生焉。天道有常，不为尧存，不为桀亡。顺之者昌，逆之者亡。此为势所必至，理所当然也。智者仰观天文、俯察地理、顺应时序，体悟人情，动静相宜，进退有据，故能顺遂昌盛而无忧也。

　　然而天道冥漠，世路崎岖，智者何为？其必曰：善怀万物，谦卑虚己而已矣。《易》曰："天道亏盈而益谦，地道变盈而流谦，鬼神害盈而福谦，人道恶盈而好谦。谦尊而光，卑而不可逾，君子之终也。"美哉斯言，至哉此理！大凡智者必为仁者，怀谦必能行善。老子曰："上善若水，水善利万物而不争。处众人之所恶，故几于道。居善地，心善渊，与善仁，言善信，政善治，事善能，动善时。夫唯不争，故无尤。"又曰："善者吾善之，不善者吾亦善之，德善也。"由此可见，智仁兼具者心系天道而善怀万物，故能与天地合其德，与日月合其明，与四时合其序，与鬼神合其凶吉。如是，则天地广阔、万事顺遂，达观超然矣。

岁次丙戌，时值隆冬，欣逢先生八十华诞。在京同门，雅集以庆。吾在南国，不能与盛。撰此小品文，敬先生寿。

（原载《广州日报》2007 年 5 月 11 日）

历史与现实

向西，向西，再向西！飞机向西，火车向西，汽车还向西。由广州而兰州，由兰州而酒泉，由酒泉而敦煌。于是，我看见了皑皑的雪山，茫茫的戈壁，浩瀚的沙漠与茵茵的绿洲。

置身于这浩瀚无垠的沙漠绿洲之中，徘徊在这古老神奇的西北高原之上，每个人饱览风情之余，必定生发种种奇思妙想。商旅之客可能留意中外贸易之情形，民俗学家或许关注西北民族之融合，艺术爱好者更易沉醉于洞窟画像之造型，环保人士必定感叹那沙进人退之忧伤。本人爱好历史而业专新闻，自然热衷于历史与现实之关联。

何谓历史？何谓现实？世人于此，皆能举其要义：历史者，业已逝去之事实，汗牛充栋之记载，虚无缥缈之时空也；现实者，物质世界之现状，芸芸众生之俗相，转瞬即逝之时光也。表面看来，历史与现实迥然相异，了无关联。然而，穿行于流光溢彩的敦煌市区商肆之间，流连于幽静深邃的莫高窟画廊之前，吾人对于历史与现实之关系，却别有一番感慨。历史与现实在此紧密相接，彼此难分，一体天然。

西方哲学家克罗齐有言：一切历史都是当代史。此何谓也？或曰，所谓历史者，乃过去之事实在当代人心灵中之复活也。昨天之现实演化为今日之历史，今日之现实积淀成明天之历史。但是，并非所有现实都能够演化为历史，也非所有历史都能够复活于当代人心灵之中而再现于现实。现实中，只有那些具有重大影响和重要思想价值之人与事才能进入历史时空；历史上，只有那些曾经深刻影响人民大众生活的人与事和那些长久闪烁智慧光芒的言与行才能感召当代人之心灵。因是之故，克罗齐进而断言：一切历史都是思想史。依此推而广之，吾人亦可断言：衣食住行者为现实，道德文章者为历史；一己目前之私利者为现实，大众远久之福祉者为历史；平庸苟且者为现实，卓尔高蹈者为历史；万事繁杂者为现实，事理精华者为历史；周旋应酬者为现实，静寂沉思者为历史。诸如此类，一言以蔽之曰：物质具象者为现实，精神思想者为历史。

物质具象者，吾所欲也；精神思想者，亦吾所欲也。一个人如果仅仅幻想于历史之中，那他必定难以立足于现实，也无法正确理解历史。一个人如果仅仅沉湎于现实之中，那他只能混迹于现实，而终究无缘于历史。因此，芸芸众生如吾辈，理应既立足于现实，又怀抱乎历史。唯其如此，我们方能科学地把握现实，积极地创造历史。

（原载《广州日报》2008 年 4 月 24 日）

赤子无敌

改革开放三十余年，中国社会经济发展一路高歌猛进，经济总量增加，人民生活改善，举世公认，不容置疑。然时势变迁，喜中有忧，忧且甚殷，此亦未可等闲视之者也。宏观而言，由于片面强调经济效益，对自然资源进行掠夺性开发，造成人类生存环境急剧恶化，致使环境污染，天灾频发。宏观而言，由于社会财富分配不公，贫富悬殊有如天壤之别，造成了各种利益集团之间的严重对立，致使社会冲突加剧，人祸时闻。微观而言，由于社会生存竞争加剧，物欲横流而世风不古，造成了人们身心之间的严重失衡，致使自我迷失，是非不辨，不知所向，自招其祸，乃至自速其亡。处此环境之中，如何逢凶化吉，怎样自我保护，便成为一个严重的问题。

其实，就此问题，早在两千余年前，我国伟大的思想家老子已经总结出明确的结论。老子曰："出生入死。生之徒十有三。死之徒十有三。人之生而动之于死地，亦十有三。夫何故？以其生生之厚。盖闻善摄生者，陆行不遇兕虎，入军不避甲兵。兕无所投其角，虎无所措其爪，兵无所容其刃。夫何故？以其无死地。"由此可见，老子是十分重视人的生命的，他反复告诫人们珍惜生命，善待自我，成为"善摄生者"。

善摄生者兕虎不遇，甲兵不避，玄乎其神，岂不荒诞？然而，究其根本，含德之厚，比于赤子，赤子可以无敌也。老子曰："含德之厚，比于赤子。蜂虿虺蛇不螫，猛兽不据，攫鸟不搏。骨弱筋柔而握固。未知牝牡之合而脧作，精之至也。终日号而不嗄，和之至也。知和曰常，知常曰明。益生曰祥。"含德之厚，赤子无敌，何以致之，要妙有三：一曰善，二曰明，三曰柔。

善者，出以善心、关爱生命、善怀万物之谓也。老子以为，"道者天地之母，万物之奥"。"道"在人世间之表现为"德"，它具体体现为人们在社会生活中所普遍认同并共同遵守的生活理念和行为规范。"善"乃"德"之根本与核心之所在，故老子云："上善若水。水善利万物而不争。处众人之所恶，故几于道。居善地，心善渊，与善仁，言善信，政善治，事善能，动善时。"上善之人，不仅要善待自己，亦需善待他人，特别是要善待那些不善者。"善者，吾善之；不善者，吾亦善之，德善矣。"一个人善待自己，不与自己为敌，自然心中无敌；一个人善待他人，不与他人为敌，他人亦不会与之为敌；一个人不与天地为敌，天地自然不会与之为敌。含德之厚，心底无私，天广地阔，万物祥和。以此而言，赤子无敌，绝非虚言。

明者，俯仰天地，体察人情，知己知彼，见微知著，相机而动之谓也。出以善心，善待万物，绝非遇事消极等待，听任命运摆布，而是要审时度势，相机而动。凡事利弊相依，得失相存，大小相较，远近相形。取舍之际，人贵有自知之明。凡事若能谦卑为怀，量力而行，必定有所成就。反之，人无自知之明，必定目空一切，轻举妄动。长此以往，未有不招灾引祸、自取其咎者也。故老子云："知人者智，自知者明。胜人者有力，自胜者强。知足者富，强行者有志。不失其所者久，死而不亡者寿。"知人不易，自知更难。两者相较，老子更强调自知之明，即一个人对自己要有客观而正确的评价。只有自知之明，才能自胜其难；只有知足常乐，才能长生久视；只有不失其所且有志而强行，才能创造生命之辉煌。

柔者，守弱避强，以柔克刚之谓也。大凡人生之成功者，无不善于处理一系列纷繁复杂的矛盾。这些矛盾包括有与无，多与少，利与害，大与小，高与低，强与弱，富与贫，贵与贱，亲与疏，入世与出世等诸多种类。身处此类诸多矛盾之中，面临重重迷茫困厄之时，如何逢凶化吉、转危为安？其最佳方法唯有守弱避强，以柔克刚。老子曰："天下之至柔，驰骋天下之至坚。"又曰："人之生也柔弱，其死也坚强。草木之生也柔脆，其死也枯槁。故坚强者死之徒，柔弱者生之徒。"弱之所以能够胜强，柔之所以能够克刚，其因何在？盖以其新而充满生机，以其弱而招致同情，以其柔而避让凶险，以其含德之厚而天下无敌也。

（原载《南方日报》2010 年 8 月 25 日）

人生三境界

面对熙熙攘攘的人流，真真假假的面孔，冷冷热热的表情，我常思量：如果每一个人都能自省——"我从哪里来？要到何处去？应该做什么？"那么我们的生活将会简单安宁得多。如是我闻，人生在世，大致有三种境界：一曰世俗利禄型，二曰事业创新型，三曰四大皆空型。

衣食住行，生活必需。求衣觅食，人之本性，无可厚非。此乃世俗利禄型人生之谓也。如果一个人丧失对世俗利禄的追求，那他不是废人便是伪人；一个社会如果禁欲主义盛行，那它不是天堂便是地狱。只有社会大众对物质利益的合理追求与积极创造，才能不断地推动社会的进步与繁荣。因是之故，世俗利禄型乃人生之基础与社会之常态也。

但如果一个人仅仅满足于对世俗利禄的追求，则无异于行尸走肉之辈；如果一个社会处处物欲横流，则必然为妖孽鬼蜮之境。因此，丰衣足食之外，人们还应有更高追求。此种更高追求，乃事业创新型人生之谓也。为了追求事业之成功，有志之士可以吃苦耐劳、忍辱负重，也可以虚己待人、团结绝大多数人共同奋斗，甚至可以付出鲜血和生命的代价，矢志不渝。个人生命有限，事业创新无穷。只有将有限的生命投入到无限的事业创新之中，个人的生命才能得以延续。事业有所成就，事业创新者对团体、对社会做出了贡献，也实现了自己所追求的人生价值。由此可见，事业创新型之人生，可谓远近谋划、公私兼顾、名利双收、风光无限。

然而，物极必反。事业成功人士，若居功自傲，独断专行，恋栈既久，未有不前功尽弃，乃至身败名裂者也。反之，事业成功之士若能功成事遂身退，则可功成名就，永保无忧。其所以如此者，盖因事业创新绝非一己之力所能竟功，更不能期望一个人能在有限的时间内完成所有事业。因此，一个人完成一两件大事之后，即应急流勇退，功成不居。当此社会转型之际，人心势利，欲效此道，非有大勇气与大智慧不可。唯其如此，方能自我超越，进入一个淡泊明志、物我两忘的人生境界，乃四大皆空型人生之谓也。此类人生境界超越名利，超越情欲，超越生死，乃至超越时空。一般来说，这样的境界只有伟大的政治家、学问家和思想家才能达到。他们或享有崇高的威望,以其人格魅力感召社会大众;或具有渊博的学识,以其聪明才智启迪后学诸君,或以其深邃的哲理穿越历史时空。此种境界,一般人难以企及,也无须人人圣贤。不过,人们,特别是事业创新型之人士,时而思之,则不无裨益也。

(原载《广州日报》2007 年 4 月 17 日)

是非之心与利害之心

时兴市场经济和民主政治，考评之风盛行。干部上岗须考评，业绩、政绩须考评，课题申报、项目评审须考评，甚至个人之工资浮动与奖金发放亦须考评。于是乎，考评成了治国安邦之法宝，创业兴家之良方，安身立命之凭借也。纵观中国历史，上下数千年，方圆几万里，大事小情，往往由各路皇帝一锤定音，平民百姓毫无权利可言。吾国治乱相继，治少乱多，病入膏肓，盖由于此。相比之下，考评制度不失为中国历史上之巨大进步，善莫大焉，吾人理应称而颂之。然而，考评者系于人心之一念，考什么，评什么，怎么考，怎么评，确有深究之必要。

一事当前，人们总要辨真伪、明是非、判善恶、审美丑、定取舍。但是，以何标准辨之、明之、判之、审之和定之，历来有截然相反之两种态度。一曰以是非之心为心，二曰以利害之心为心。

以是非之心为心者，对事对人，不从一己之好恶出发，而纯以客观对象之本来面目为依归。人之于世也，秉日月精华而生，食五谷杂粮而养，得风雷雨露而润，理应尊自然之道而行。老子曰："道大，天大，地大，人亦大。域中有四大，而人居其一焉。人法地，地法天，天法道，道法自然。"以客观外界事物之本来面目为标准，是则是之，非则非之。依此而为，去伪存真，弃智抱朴，扶正祛邪，则天地人和，可以无忧也。由此可见，以是非之心为心，则心术正，认识明，处事公，无论远近亲疏，一视同仁。如此，方能爱而知其恶，憎而知其善也。以此准则为人处世，则上下齐心，左右协力，天地和顺，正气沛然。

存是非之心，事至显，理甚明，无可置疑者也。然则，此为易事，亦为难事，始终行之，更是难之又难也。囿于私利、情欲或亲情，人们往往泯是非之心而生利害之心。利害之心者，对事对人之判断与取舍，不以客观外界事物之本来面目为尺度，而纯以一己之利害与好恶为标准。以利害之心为心者，为人处世，至为势利且张扬。上之于下也，不以事业之需求及个人之德能考量，而以与己亲疏远近划界。于是，亲近者受表扬，蒙提拔，得实惠，喜气洋洋，乐而优哉；疏远者遭白眼，穿小鞋，扣奖金，顾虑重重，愁眉锁眼。下之于上也，不以其品行及贡献评判之，而纯以与己利害关系相较衡。于己有利者，虽有百弊而无怨言，赞扬之，拥护之，高分标揭。于己相害者，虽有善政而存嫌心，诽谤之，谩骂之，叉除相向，出气解恨两相宜。爱之欲其长生，恶之欲其速死，惑也生焉。由此可见，以主观利害为标准，真假混淆，是非颠倒，良莠不分，用智取巧，必致天人失和，弊端丛生，未有能长久者也。

于是乎，笔者大声疾呼：存是非之心，去利害之心！

（原载《南方日报》2006 年 11 月 25 日）

戒之在得

众所周知，蔡京是历史上有名的"奸臣"。其实乃后来理学家们强加给他的罪名，实情远非如此简单。奸臣者，欺上瞒下、犯上作乱、妄为误国者之谓也。揆诸史乘，蔡京贪恋权势之心或许有之，犯上作乱之举实则全无。而且，实事求是地说，蔡京属于改革家王安石一党，是一个不成熟的改革家。套用时髦言语，蔡氏之误不在于他是一个奸臣，而在于他没有处理好改革、发展和稳定的关系。纵观北宋一朝，"民"富国穷，外强环逼，兵不识将，将不认兵，积贫积弱，俨然病夫。为治顽疾，范仲淹、王安石等先后奋起改革，均为保守势力所残。王安石两度罢相，几经周折，蔡京重握相权，发愤更张，初有所成，惜终败焉。

吾蔡姓，不为宗人讳。无论个人修养或为官之道，蔡京均为失败之典型。贪念过重，恋栈太久，终至民怨四起，失宠新君，客死贬途。临终之前，他作词一首，忏悔人生。词曰："八十一年住世，四千里外无家。如今流落向天涯，梦到瑶池阙下。玉殿五回命相，彤庭几度宣麻。只因贪恋此荣华，便有如今事也。"词或系伪作，然亦能表其心迹。

由此可见，贪念之生，毒如蛇蝎，凶如猛虎。纵有豪情千万丈，一遇贪鄙必遭殃。不幸，时至二十一世纪，此类悲剧一再重演，而且大有愈演愈烈之势。君不见，多少高官因贪恋权财而身陷囹圄；君不见，多少新锐为争权夺利而相互残杀；君不见，多少显要因沉迷酒色而身败名裂；君不见，多少富豪因为富不仁而家破人亡；君不见，多少暴徒因杀人越货而身首异地。此类人等，贪而鄙，愚而蠢，见利忘义，利令智昏，身家不顾，何可理喻。待到大限临头，悔之晚矣。

人生在世，大凡须经青少年、中壮年和老年三个阶段。人生各个阶段，年龄不同，生理、心理有别，亦各应有所追求，有所戒惧。孔子曰，君子有三戒："少之时，血气未定，戒之在色；及其壮也，血气方刚，戒之在斗；及其老也，血气既衰，戒之在得。"

戒之在得，千古不易之言！为官者，经商者，乃至治学者，思之又思，慎之又慎，惧之又惧，戒之又戒，必定受益无穷。

（原载《广州日报》2007年5月9日）

业师、经师与人师

韩愈《师说》乃千古名篇，万口传诵，至于不朽。师者何为？所以传道授业解惑也。传道者，传其经也；授业者，授其术也；解惑者，正其心也。依此而论，师者亦可细分为三，即业师、经师与人师是也。

"业师"者，从事某一专业之研究，传授某一专业知识与技能于学生者之谓也。当今之世，行业细分，各类专业技术人才供不应求，故业师者所在多见，大行其道，且广受欢迎。传授专业知识与技能，培养职业人才，正是教师最基本最普遍的本职工作之一。

"经师"者，超业师而上乘者之谓也。除传授专业知识与技能之外，经师者还需具有深厚而宽广的学识素养，向学生传输天文、地理与人文知识之经典，使学生对自然、社会与人生有全面系统之领悟。依此而言，"经师"显然要比"业师"高出一个层次。在他们心中，不仅负有社会责任感和历史使命感，还需对中外历史文化具有透彻的理解。经师唯如此，方能不断丰富自己，滋养学子，塑造社会栋梁之材。

倘若更上层楼，则有"人师"者存焉。"人师"者，乃学识精深、心志高洁人士之谓也。他们胸怀天下而与世无争，他们爱憎分明而温文尔雅，他们善怀万物而包容天地，他们学富五车而虚怀若谷，他们云行雨施而不着痕迹。师者如此，方能培养出志存高远而脚踏实地、富于创造精神且心地善良之高才。此类高才匡时济世、治国安邦，为社会做出重大贡献，亦为师者之荣光。此为师者，上之上也。

业师、经师与人师，各自有别，又浑然一体，密不可分。一般而言，授其业者必能传其经，传其经者必能正其心。由此可见，为人师者，职责重大，殊为不易。因是之故，为师之人理应品学兼优，教书育人。然现实之中，师者状况未可乐观。近年高校扩招，生员猛增，师生比例严重失衡。师资数量有限，质量参差，大有一师难求之虞。于是，师生之间，师不识生，生不亲师，形同路人。更有甚者，以教谋私，以教谋权，乃至以教谋色者亦大有人在。如此这般，教与学俨然市场交易，师道尊严为之扫地。此类孽师，人品低劣，斯文丧尽，何以师为？他们虽为少数，师者名声为之污矣。

或曰，当今社会，钱权万能，世风日下，师道难以免俗。教师皆凡人，也食人间烟火，亦有七情六欲。有道是，居一室而天下安，果一腹而终身饱。权大不慎终惹祸，财聚无节必伤身。巧而无智，争权夺利，必为权利所累。利害相争，争之下也。智慧相竞，其益无穷。何以致之？曰天道、地道、人道也，曰业师、经师、人师也。

（原载《广州日报》2007 年 5 月 10 日）

"大私为公"论

"公""私"对立，形同水火。"大公无私""克己奉公""天下为公"，人们用华丽的辞藻颂扬"公"，标榜"公"，似乎"公"为百美归宗。"自私自利""损公肥私""私欲横流"，人们以严厉的口吻斥责"私"，贬损"私"，仿佛"私"为万恶之源。

然而，公道缥缈终难一睹，私欲横流随处可见。人们内心好私，口不言而身体力行，甚至有人为谋私利铤而走险。于是，私欲盈野而以奉公倡议，骄奢淫逸而以贞洁表扬。智者所谋，王者所用，尽在张公道而竞私欲。假公济私，隐恶扬善，欲盖弥彰，荒唐何极。

盖"公"与"私"，本同一源，终归一体。所谓"私"者，个人之本，社会之基也。一己之私为私，众人之私为公；一时之私为私，长远之私为公；敛小财者为私，聚大资者为公。因是之故，积个人之私成众人之公，集一时之私为长远之公，聚零散之私为整体之公，不亦"大私为公"乎？一个人，如果身家性命不保，有何资格谈论"克己奉公"？一个家族、一个部落、一个民族乃至一个国家，如果生存发展受限，又遑论贡献于人类？依次推而广之，任何一个民族国家之历史，都是一部由私而公、由公而私、公私激荡、公私相互演化之历史。由是以观，"大公无私""克己奉公""天下为公"概为虚妄之辞，而"自私自利""损公肥私""私欲横流"亦属诡谲之论。私而有理，私而有度，公私兼顾，方能大私而为公，永远立于不败之地。

大私为公，何以至之？其道有三：一曰富者敌国，享受有限。财富之事，生不带来，死不带去。鹪鹩巢于深林，不过一枝；偃鼠饮于江河，不过满腹。君子之泽，三世而斩。私产公用，自古而然，天地养人，不可拂逆。二曰祸福相倚，世变莫测。富而蠢者，利欲熏心，贪得无厌，欲敛天下之财为己有。然浸淫既久，造孽深重，必招怨尤，自邀天谴。汉之梁冀，官拜将相，地连州县，金银山积，园圃广开，禽飞兽走，美人充盈。不意人怨天怒，一朝覆没。可怜身首异地，满门诛灭，故旧弃市，家产充公。资充国库而减天下租税之半，园囿尽散以业天下穷苦之民。《易》曰：

"德福常佑贫贱之家，鬼神频窥富贵之门。"天理昭昭，人心睽睽，大私岂能不公?! 三曰少私寡欲，知足常乐。人之生也，从无到有，自有而无，过程而已。在此过程之中，置产立业，安身立命，养家糊口，无可厚非。然而，凡事皆有节度，物极必得其反，甚爱必有大费，多藏必致厚亡。避灾远祸，智者何为? 老子曰："少私寡欲，绝学无忧。"又曰："知足不辱，知止不殆，可以长久。"如此而言，智慧者最自私，自私者能奉公。以其自私，故能生存；以其奉公，故能长久。

大私无私，无私而能成其私，故曰大私为公也。大私为公，智者乐为，吾当从其后。

（原载《广州日报》2007 年 5 月 16 日）

书到用时方恨少

读书何用？子夏曰："仕而优则学，学而优则仕。"求其本意，子夏虽然鼓励读书人做官，但更强调为官者读书。奈何，人们往往记取后语而忘却前言，以为孔子官本位意识之依据。此种解读，貌似有理，实则大谬不然。

读书不一定要做官，但做官一定要读书。官者，管也，管理众人之事者也。因是之故，为官者不可不立德，不可不明理，不可不循章。德由何立？理从何明？章自何出？曰唯读书而已矣。只有不断从实践与书本中汲取智慧，方能存是非之心，怀诗书之气，遇事心平气和、张弛有度、进退有据，缓急有序，奖惩得当，游刃有余。古今中外无数杰出的政治家，之所以能够造福民众且名垂青史，盖因其好学笃行而致之矣。此可谓心底无私天地宽，腹有诗书气自华。然而，人在官场身不由己，读书之事往往心有余而力不足。历史与现实之中，为官而不学无术者亦夥也。他们饱食终日，无所用心，唯利是图，独断专行。如此庸官，虽然位高权重，实则危如累卵，终究难以为继。待到身败名裂之时，方才感悟"书到用时方恨少"，则悔之晚矣。由此可见，读书须在年少之时，须在未显之时，须在赋闲之时，须在困厄之时。

凡事有动必有静，有进必有退，有合必有分，有显必有隐，有顺必有逆，有得必有失，有利必有害，有乐必有忧，反之亦然。此乃天地循环之道，非人力所能变更者也。故为官处世之道，理应顺乎时势，进退任其自然。奈何为官之人，往往恋栈，难以自拔。俚语有云，人无千日好，花无百日红。恋栈既久，久则生变。一旦官场失意，人走茶凉，则顿感孤寂。此其时也，门庭冷落，音讯杳然，人情乖张，世态炎凉，尽收眼底，冷暖自知。当此故旧相违、度日如年之际，吾谁可依？曰唯家人，唯挚友，唯平生相伴、不离不弃之书籍。书籍者，可以增长知识，可以开阔眼界，可以慰藉心灵，可以振奋精神，可以强健体魄，可以救赎性命。"请息交以绝游，世与我而相违。悦亲戚之情话，乐琴书以消忧。"陶令所言，盖亦有感于斯耶？更有甚者，虽身陷囹圄而以监舍为书斋，虽遇天灾而以绝境为课堂。读书之魅力何以如此伟大？盖因当此之际，捧而读之，得失不计，利害不较，生死不顾，天理不隐。于是，事理之精微得以探寻，人性之真谛得以考究，思想之火花得以闪烁，文辞之锦绣得以成章，浩然之正气得以养成，生命之辉煌得以张扬。

由是感言，开卷有益，可谓不虚矣。然仔细推敲，开卷未必尽然有益，不开卷肯定无益。开卷是否有益，关键在于所开者为何卷。所开者若为黄卷、黑卷或邪卷，则开卷不仅无益，反而有害，害莫大焉。所开者若为正卷、雅卷或香卷，则开卷必定有益，益且无穷。不仅如此，即使所开者为正卷、雅卷或香卷，阅读者亦应正心静气、兼容并蓄，切忌偏执一词，片面发挥。北宋改革家王安石为厉行新政、回击非难，曾以"天命不足畏，祖宗不足法，人言不足恤"相宣示。以改革勇气而论，荆公此言足以振聋发聩，激越千古。然其置天命与人言于不顾，则显然失之偏执。此何故？以其偏执一词也。

中华文化以《易经》为源头，略可分为儒道两家。儒家强调"天行健，君子以自强不息"，此为改革创新思想之源泉也。道家主张"人法地，地法天，天法道，道法自然"，此为科学发展观念之滥觞也。此两者，均为至理名言。执政者若能交相为用，则国家呈现改革开放之生机，人民享受和谐安康之幸福。反之，若循一时之需，撷片面之词，逞偏激之能，则必至天地违和，重苦民生。如此，改革开放可能流于盲目躁进，科学发展或许招致因循守旧。于是，生态失衡，贫富不均，天怒人怨，长此以往，则非吾所敢言也。

治国安邦若此，修身养性亦然。《易经·谦卦·象传》有云："地中有山，谦。君子以裒多益寡，称物平施。""裒多益寡"为养谦之道，要求修己内圣，功成身退；"称物平施"为挥谦之道，要求济世外王，激流勇进。此两者全面权衡，相机为用，方为万全之策。倘若不求甚解，偏执一端，任性而为，必定事与愿违，悔无及也。每鉴于此，澄怀高洁之士，莫不击节长叹：书到用时方恨少，唯有经典意境高。

（原载《广州日报》2008 年 5 月 19 日）

《易》之为书也

近来国学大热，渐成一景。猛男超女推波助澜，荧屏声讯热辣传播，坊间书肆杂陈充盈，莘莘学子趋之若鹜。国学复兴，卷土重来，似乎势不可挡。何去何从，吾人拭目以观。

谈论国学，必涉《易经》，因其为中华文化的根与源。而谈论《易经》，人们又往往联想到那些手持占具、信口雌黄的算命先生。于是，赞誉者奉之若天书，诋毁者斥之为迷信。其实，天书也好，迷信也罢，都是对《易经》的误读、误解和误用。《易》之为书也，自有其本义存焉。

殷商之际，《易》有三法，曰"连山"，曰"归藏"，曰"周易"。"连山""归藏"，古僻深奥，非精于治易者，难以蠡测，至于不传。故所谓"易经"者，《周易》之专门称谓也。文公朱子有云："周，代名也。易，书名也。其卦本伏羲所画，有交易、变易之义，故谓之易。其辞则文王、周公所系，故系之周。"综括朱子之意，《周易》者，周代之《易经》也。

《易》之为书也，首为卜筮。先民淳朴少智，崇信自然鬼神，每逢大事，必占筮问卦，以定吉凶而趋利避害。卦爻之作，实为占筮之结果与依归也。然数千年间，治《易》者多持义理之说，而忌占筮之论，盖为圣贤者讳耶。迄至南宋，方有朱熹及其生友蔡元定训解《周易》，明示占筮之说。朱蔡所著《易学启蒙》开宗明义标示："圣人所以作《易》，教人卜筮而可以开物成务之精意。"断定《周易》为卜筮之书，无贬于圣贤，且直近于实际，精明勇毅，前无古人，后无疑者。此事之至显，理之至明，千秋不易之论于是定矣。

《易》之为书也，八卦也，六十四卦也。"卦"者，挂也，景物或现象展示之谓也。人处天地之间，其所临所见、至大无隐者有八，曰：天、地、雷、风、水、火、山、泽，此乾、坤、震、巽、坎、离、艮、兑八卦是也。八卦相因，而成六十四卦之数焉。事实上，卦有千千万万，何止八八六十四之数。不过，此六十四卦为先民所面临之重大景象，无法回避，不可或缺。天地乾坤，人居其中，顺天应地，可以无忧。阴阳相交而生难，聚居为屯以经营，此为屯卦。天地初开，前途蒙昧，养正以行圣功，此为蒙卦。其他，如饮食宴乐为需卦，诉讼诘辩为讼卦，容民畜众、兵戎之事为师卦，黄昏娶妇、匪寇婚媾为贲卦，招聘人才为同人卦，按时作息为随卦，淫乱鉴戒为蛊卦，刑法惩恶为噬嗑卦，抗洪救灾为大过卦，张网捕猎为离卦。诸如此类，不一而足。大凡天地初开，生命降临，摄物养生，婚丧嫁娶，捕鱼狩猎，农耕作息，祭祀祈福，从事王事，保境安民，经营策划，修身养性，无所不包，无奇不有。因是之故，《易》之为书也，中华民族之"创世纪"也。其记载之全面而丰富，其表述之生动而具体，其理念之深邃而周正，完全可与西方《圣经》之《创世纪》相媲美，甚或有过之而无不及。

　　《易》之为书也，伏羲画八卦，文王、周公系爻辞，孔子作《易》传也。伏羲之八卦，简洁辽阔，创意无限，玄妙莫测，天书也。文王、周公之爻辞，幽邃缥缈，古奥难辨，神书也。孔子之《易传》，释疑解惑，通达晓畅，人书也。由天书而神书，而人书，历数千年，吾民族由蒙昧而入于文明也。其间，孔子探幽发微，为民立则，启迪万代，居功至伟。朱子有云：天不生仲尼，万古如长夜。因是之故，《易》之为书也，文明之史，义理之书也。"天行健，君子以自强不息"；"地势坤，君子以厚德载物"。此二语，统摄天地，囊括人生，道尽天地人之总则，实为《易经》之精髓。君子依此而行，养天地之正气，法古今之完人，则天人一体，万事亨通。

　　《易》之为书也，始于伏羲，经由文王、周公，以至孔子而大成。数千年间，无数圣者、贤者与智者相互推演，不断完善，终成体用周正、博大精深之《易经》。故《易》之为书也，智慧之书也，中华民族集体智慧之结晶也。阴阳相交，天地迷蒙，人生旅途，困难重重。天择物竞，趋利避害，逢凶化吉，智慧生焉。智慧者何？曰：善怀万物，谦卑虚己而已矣。谦谦君子，衰多益寡，称物平施。此为智慧之源，生存之本也。以此立身，万物逆睹，视履考祥，未卜先知，未雨绸缪，此为智慧之始也。遽然遭变而不惊，无故加之而不怒，物喜人悲而不较，逆来顺受而不辞，以柔克刚而不馁，此为智慧之中也。阴阳嬗替，祸福相倚，静心养气，待时而变，否极泰来，此为智慧之终也。循此以进，与天地合其德，与日月合其明，与四时合其序，与鬼神合其凶吉。自始至终，人生与智慧相伴，君子可以无忧矣。

　　集占筮之书、创世之纪、义理之本、智慧之源于一体，且文辞灿烂，《易经》无愧为中华民族优秀文化之源泉。当此社会剧变、人心浮躁、道德衰败之际，诵而读之，亲近民族文化之根，吸吮民族文化之源，有益心身、惠及群伦，善莫大焉。正可谓："虽无严师，如临父母。"

（原载《广州日报》2007 年 6 月 7 日）

视履考祥

"视履考祥"，语出《易经》，其《履卦·上九》云："视履考祥，其旋元吉。""履"为鞋子，引申为人生所走过的道路。"祥"为外界所呈现的吉凶之征兆，引申为人生即将面临的新局面。"视履考祥"，意思是说，处于人生旅途艰难跋涉之君子，应常检视自己所走过的道路，并且随时考察前途可能出现的新情况，唯其如此，方能得到圆满的结果。

天高地广，人生其中，艰难丛生，困苦迭出，无法选择，亦无法回避。处此艰难旅途之中，智者应以内心之和悦柔顺，来应外界之艰难险阻。如此刚柔相济，内外相应，方能天人和谐，逢凶化吉，顺畅无忧。

"视履考祥"，细加分析，我们可以从中归纳出两种既相互联系又各自有别的人生态度。"视履"者，中老年人多秉持之以反思过去。"考祥"者，青少年辈多依托之而开拓未来。

中老年人习惯于"视履"，是因为他们饱尝人生艰辛，经过艰难奋斗，终有所成就，回顾总结，冷暖自知。人生之初，父母兄弟，邻里乡亲，故乡山水，一草一木，深深烙入他们记忆的"底本"。往后种种，均由此"底本"接纳与调配而成。正可谓：芸芸众生入画来，形形色色添光彩。由此可见，"视履"之本，源自生命之初始，源自故乡之山水，源自父老乡亲之关爱。以此推而广之，由家庭而学校，由学校而社会，由故乡而他乡，亲人之爱，师生之谊，朋友之情，同事之缘，功名利禄，爱恨情仇，无不在此"视履"之中。于是，从无到有，从小到大，从弱到强，又由强变弱，由大变小，由有变无。人生过程丰富多彩，然而终归于静寂。因是之故，爱亲及人，爱乡及国，爱国及天地万物。人我家国，乃至天地万物，本同一体，浑然难分。"视履"恰如品尝人生之佳酿，挥洒人间之博爱，温故知新，赏心悦目。然而，如果一个人仅仅沉湎于"视履"，则可能因留恋往昔而脱离现实，不思进取。故中老年人在"视履"之余，亦须"考祥"，即既要总结自身丰富的人生阅历，也要积极关注和参与社会进步之潮流。如此，方为积极之态度与健康之人生。

青少年之所以热衷于"考祥"，是因为他们青春焕发，憧憬未来，积极进取。青少年如初生牛犊不怕虎，对外界充满好奇，而无所畏惧。他们常思搏击风浪，一试身手。如果说，中老年人的眼光经常向后顾盼，那么，青少年的目光则始终向前眺望。在他们的视野之中，万事万物皆色彩斑斓，生机勃勃，前途一片光明。于是，他们积极进取，奋力开拓，以求创造人生之辉煌。正是因为如此，人类社会才得以生生不息、不断进步。然而，无畏者往往无知，欲速者常常不达。青少年人生阅历短浅，思虑单纯，积极进取之时，往往忽视前途之崎岖与人生之艰辛。盖因如此，其雄心壮志偶受挫折便萎靡不振，宏图伟业稍欠周全则功败垂成。因是之故，青少年在"考祥"之时，亦应"视履"。"考祥"之义，要求关注未来之机遇，奋力开拓而进取。"视履"之为，则要求总结以往之经验，审慎思虑而后行。青少年若能依此而行，当能既保持旺盛之活力，又常存谦虚谨慎之态度，永远立于不败之地。

"视履""考祥"，各有所长，各有其短。取其所长，补其所短，合而用之，方为周全。此乃审慎明智之举，进退两全之策，安身立命之基。

（原载《广州日报》2007 年 6 月 12 日）

抄书之妙

余之生也，愚且钝，博闻强记，未及于人。然品书习文，不甘人后，聊自胜意。所法者何？曰：抄书而已矣。倏忽而知天命，抄书更为日常功课。大凡经典著作、历代妙文，乃至自撰小品，均以蝇头小楷抄而录之。由是，日夜不辍，寒暑不辞，经年累月，积习成性。人或不堪其苦，吾则乐以忘忧。欣欣然，妙不可言。

抄书之妙，首在诵习经典，增长知识。大凡所抄之书，非为经典，即属妙文。此类文字，皆为人类文化之精华，理应为读书之人所熟知。然时运多舛，经典妙文，吾辈知之甚少。假以时日，抄而诵之，或可弥补一二。况且，抄书成诵，手写心记，自然烂熟于胸，倒背如流。经典妙文，终日相伴，抄而诵之，默而识之，知识日渐增长，眼界随之开阔。问渠那得清如许，为有源头活水来。日新又新，天天向上，君子之所乐为也。

抄书之妙，次在发挥原著，创制新作。抄人之书，细心揣摩，可以博采众长，融会贯通，丰富自我。倘若灵感生发，洞烛天心，则可发挥余韵，创制新作，甚或有补于先贤。抄己之文，则可从容审视，字斟句酌，查漏补缺，哀多益寡，反复修订，使之渐臻佳境。盖抄书品文之中，事理头绪得以张其目，逻辑推演得以循其轨，音韵跌宕得以合其律，神形兼具得以定其型。长此以往，心力协同，求善求美求全，日月不计，利害不较，佳作由是而成焉。

抄书之妙，尤在安神养性，延年益寿。抄书之举，既为经典妙文之欣赏，亦为书法艺术之养成。盖书艺之道，安神养性之道也。汉中郎蔡邕有云，"书者散也。欲书先散怀抱，任情恣性，然后书之"。大凡学书之时，必先静心。心静而生意，意动而导气，气行而出力，力发而运笔。神韵定而意气平，笔墨酣而心神畅，此乃修身养性之法门也。至若其谋篇布局之意向，笔意运行之贯注，与夫自我个性之张扬，均须平心静气，任意而为。倘若稍存杂念，必至荒腔走板，画虎不成反类犬也。由此可见，抄书之要妙，全在营造洁静精微氛围之一端耳。凡夫俗子如吾辈等，日常生活之中，事不如意者十之八九。此皆争强好胜、意迷气躁之使然。若入此书法妙境，无谓之是非皆可搁置，多情之烦恼顿时忘却。于是乎，手眼勤而心志专，胸臆畅而心神宁，意气正而节操存也。古人云，主静则悠远博厚，自强则坚实精明，操存则血气循轨而不乱，收敛则精神内守而不浮。由此以进，可以慕圣贤而致寿考也。

纵观史乘，凡成大事者，无不曾痛下抄书苦功。北宋末年，中原倾覆，皇室成囚，衣冠易色。康王赵构临危受命，稳定半壁河山，居功甚伟。值此危乱之际，高宗皇帝，以万乘之尊，万几之繁，仍亦亲洒宸翰，遍写九经，云章灿然，始终如一，自古帝王未之有也。江山社稷赖以安定，功成名就而能禅让，致高寿而享清福，一代君王有此定力与气象，其读书之广与抄书之勤，不无助益也。近人曾文正公遭逢乱世，平定天下，位极人臣，立功立言立德，可谓三不朽。观其所以至此者，其抄书之勤亦居功至伟也。《曾文正公全集》有《经史百家抄》数卷，于此可见其用力之勤与涵养之深也。"净几明窗书小字，长松落雪惊醉眠"，正是曾文正公终生所追求的美妙境界。

（原载《广州日报》2007 年 8 月 21 日）

为文必有英雄气

目前，大学生乃至研究生的学位论文，常易犯以下五种错误：一曰选题陈旧，拾人牙慧，无新鲜感；二曰框架不正，思路不清，欠周正感；三曰材料堆砌，生搬硬套，缺原创性；四曰概念叠加，空洞推演，乏自主性；五曰"点评"有余，"述论"不足，更少"论述"，寡思辨性。此类弊端之所由生也，盖因当今学子未视学位论文为一件神圣的工作。加之其平日知识储备不足，急时烧香抱佛，不能不出此下策也。

欲矫上述弊端，必先读书。而读书必先买书，买书、读书和写书，乃为学者必然面对之事实，亦为学者成长必由之途径。除附庸风雅者外，绝大多数人买书是为了读书，而对一部分人而言，读书又是为了写书。然而，写书必先为文，为文必有英雄气。

何谓英雄气？一般人鲜有深究，难以一语而定。兹举两例，略揣其义：

德国古典音乐大师贝多芬创作了许多名曲，但他在二十八岁时失聪，自此他再也听不见自己的作品了。为此，他痛苦万分。在写给弟弟的信中，他说：Such circumstances brought me to brink of despair and well—nigh made me put an end to my life：nothing but my art held my hand.（这种景况将我推向绝望的边缘——我几乎自绝于世：不是别的，正是我的艺术拯救了我的生命。）

中国古代伟大的史学家和文学家司马迁因为李陵兵败辩诬而身披宫刑。遭此奇耻大辱，他痛不欲生，是以肠一日而九回，居则忽忽若有所亡，出则不知其所往。然而，他隐忍苟活，发愤著书，终于完成了《史记》这部千古不朽的文史巨著。在谈到当时的心情时，他说："所以隐忍苟活、幽于粪土之中而不辞者，恨私心有所不尽，鄙陋没世，而文采不表于后世也。"

由是以观，所谓英雄气者大致包含下列四义：其一，英雄气是对自己所从事之崇高事业的执着追求。天地人寰之间，英雄之于事业，无不视事业如生命，甚至高于生命。其事业目标一旦确立，则终生为之奋斗。其二，英雄气在本质上具有悲剧色彩，能产生震撼心魄的感染力。孟子曰：
"天将降大任于斯人也，必先苦其心志，劳其筋骨，饿其体肤，空乏其身。
行拂乱其所为，所以动心忍性，曾益其所不能。"崇高事业之实现，必经
种种磨难。然艰难困苦，玉汝于成，知其不可而为之，事业未竟亦英雄。
其三，英雄气表现为对事业之无限忠诚。其为人也，为达成事业之目标，
不为任何险阻所屈服，不向苦难命运低头，虽冒万死而不辞，虽蒙奇耻而
苟活，虽无人知而笃行。真可谓冒死犯难、不弃不离、无怨无悔。其四，
英雄气能够超越现实之困窘，放眼千秋之荣光。凡有此英雄气概之人，必
定胸怀广阔、识量宏远。他们可以超凡脱俗，不计较一时一事之得失，而
放眼于千秋万代之荣光。因是之故，往往能够超越现实之困窘，达成事业
之辉煌。总而言之，所谓英雄气者，乃正义之气，奋发之气，忠贞之气与
夫豪放之气者也。

英雄气造就英雄人物，英雄人物成就英雄事业，英雄事业铸就英雄时
代。英雄时代已然远去，但平凡时代仍需英雄气。有了这种英雄气，事业
才有高标，人生才有价值。有了这种英雄气，世风不至委顿，社会才有风
范。有了这种英雄气，胸中才有海岳，笔端才有妙词，文章才有雄魂。于
是乎，其为文也，感情充沛，文辞恣肆，奔腾澎湃，如惊涛拍岸，势不
可挡。

（原载《羊城晚报》2005 年 4 月 26 日）

文章天成

　　文章要写得好，要能够悦己愉人，要能够流传久远，要能够占有历史时空，余以为应注意以下五个要点：

　　一曰，文章有"道"。文章之"道"，乃自然之道。自然者，客观外界之存在也。文章者，人们对客观外界事物之体认与表现也。万物有道，自然即美，文章天成。若山峰之巍峨，有顶层、中层和底层之分别；若河流之奔涌，有上游、中游与下游之次第；若草木之繁盛，有根部、干部及枝叶之呈现；若人生之演化，有少年、中年及老年之递进；至于奇花异石、鸟兽鱼虫，无不各有其斑斓之色彩与精美之图纹。凡此种种，皆由天道自然生成，绝非人力之所为功也。文章若能发现和体认此类自然之美，并且力图将其表现出来，斯即佳文。由此可见，文章之主题、内容及其形式均来自客观外界。然而，客观外界事物无边无际，尽善尽美，而人的认识能力毕竟有限。因此，人们对于自然之美只能逐步地发现它、接近它和表现它，绝不可能一次性地永久而全面地穷尽它。此中情形，正可谓"文章有佳境，可近不可及"。

　　二曰，文章有"魂"。文章之"魂"，乃文章之主旨。主旨既为文章之魂，则其必须高远而纯正。古人所谓"文以载道""思无邪"者，盖此之谓耶?! 文章主旨之高远而纯正首先要求作者品格高尚、性情优雅。有些人虽然才华横溢，但由于缺乏高尚情操，终究难成大器，更遑论创制佳作。他们对人生和社会抱持一种游戏心理，对文章采取一种玩弄态度，故写出的时文华而不实、美而无信，行之不远。若品行高洁之士，自然胸怀天下、脚踏实地、与民同心。故其为文也，悲天悯人，气势宏阔，哀而不伤，怨而无悔，乐而忘忧，风范天下，万口传颂。文如其人、人如其文，此言不虚也。文章之有"魂"，还包括文章之主题必须新颖，不能拾人牙慧，了无新意。文章新颖之主题从何而来？曰从生活中来，从自身独立观察与思考中来。删繁就简三秋树，领异标新二月花。艺术创作如此，为文之道亦然。

　　三曰，文章有"情"。文章之"情"，乃作者对所表述之对象与内容所寄予之深切情感。此种情感来自作者对生活之无限热爱，来自作者对所反映对象的深入了解，来自作者对世间万事万物之细心体悟。大凡作者欲表达某一内容，首先必须大量感受此类事物，并且对此类事物充满感情，然后才能有感而发。作者待物之情感，或欣悦，或厌恶，或赞赏，或贬斥，都应该在文章中或显或隐地表现出来。文章贵有真情，而真情尤贵高雅。若一己之私情，愤懑之偏情，造作之虚情，娇艳之媚情，狂迷之乱情，均为文章所不宜。因是之故，作者之情有感而发，并非感而即发或感而滥发，而是求善求美求全，感而后发。唯其如此，文章方有真情，真情方为纯美，纯美方能动人。

四曰，文章有"形"。文章之"形"，乃文章之内容与结构。它要求文章内容充盈，架构匀称。譬如人体之俊美，除体格匀称之外，尚需血肉丰满，肌肤圆润，气韵生动。若仅有一副好身架，但骨瘦如柴，无精乏采，肯定难以取悦观众。阅人若是，作文亦如此。纯真健美之主题与方正周全之结构，必然要求所涉内容充实丰满。内容充实丰满，则必然要求材料确实而富有，选择得当而精准。一般而言，材料确实而富有，或不为难事。选择得当而精准，则必须舍得割爱。对于那些可有可无之材或不痛不痒之料，必须痛下决心，坚决舍弃。依此而行，剪裁得当，文章自然体态端庄，血肉丰满，气韵流畅，天衣无缝。

五曰，文章有"声"。文章之"声"，乃自然之声在文章中之回响，乃文章内在逻辑推演之韵律及行文跌宕起伏之势能在人们心灵之中所引发之音响印迹。刘勰《文心雕龙》云："林籁结响，调如竽瑟；泉石激韵，和若球锽。故形立则章成矣，声发则文生矣。"此乃自然之声在文章中之回响者。若文章之内在逻辑推演之韵律，犹如一股强大的气息，奔涌升腾，贯穿全文，则使人心顺意通，神清气爽。行文跌宕起伏之势在人们心灵之中所引发之音响印迹，婉若一曲美妙的乐章，其如金石相击而叮咚作响，或如春风拂面而窃窃私语，或如高山流水而声韵悠扬。文章有"声"，悦人耳目，畅吾胸怀。

（原载《广州日报》2007 年 5 月 21 日）

时代歌声

改革开放三十年，天翻地覆，人间巨变。逝者已成追忆，来者未可逆睹，唯一可视可依者现在也。然而，人类通过文字、影像可以温习过去，记录现在，昭示未来。近日，中央电视台举办《歌声飘过三十年》大型文艺晚会，以纪念改革开放的伟大历程。一首首优美动听的歌曲仿佛又将我们带进了那波澜壮阔的历史洪流之中。

纵观改革开放历程，三十年大致跨越了四个年代，约可分为四个阶段。与此相对应，此一时期所产生之优秀歌曲亦可分为四种类型。

一九七六年十月，"四害"铲除，举国上下，一片欢腾。"美酒飘香啊歌声飞，朋友啊请你干一杯，请你干一杯。胜利的十月永难忘，杯中洒满幸福泪。"这首由韩伟填词、施光南谱曲、李光羲演唱的《祝酒歌》，真实而生动地表达了饱受十年"文革"浩劫之苦的人民大众在中华人民共和国成立之后所产生的无比喜悦的心情。正因如此，这首歌曲便拥有了广大受众，占据了历史时空，成就了艺术经典。

二十世纪八十年代初中期，中国政治开明、经济发展，民风淳朴，一派生机勃勃。"我们的家乡在希望的田野上，炊烟在新建的住房上飘荡，小河在美丽的村庄旁流淌。……我们世世代代在这田野上生活，为她富裕，为她兴旺……"这首由陈晓光填词、施光南谱曲、彭丽媛演唱的歌曲《在希望的田野上》反映出人民群众对共产党和人民政府充满信任，对未来生活满怀希望。透过这豪迈的歌声，世界为之惊羡：这是一个多难兴邦的时期，这是一个豪情满怀的民族，这是一个朝气蓬勃的国度。

然而，凡事有起必有伏，有进必有退，有顺必有逆。中国社会之发展正是如此。经历二十世纪八十年代末期的政治风波之后，改革开放何去何从，特别引人关注。社会急剧变化，一时泥沙俱下，鱼目混珠，真假难辨。人们目迷五色，身不由己，徘徊惶惑，不知所向。此种情形，正如由阎肃填词、孙川谱曲、那英演唱的歌曲《雾里看花》所云："雾里看花，水中望月，你能分辨这变幻莫测的世界？涛走云飞，花开花谢，你能把握这摇曳多姿的季节？……借我一双慧眼吧，让我把这纷扰，看个清清楚楚、明明白白、真真切切。"词曲作者及演唱者本意在于宣传维护消费者权益的打假活动，但这首歌曲却正好反映了社会剧变之中人民大众所表现出的彷徨、迷茫和无奈之情。正因为契合了人民群众真假难辨、信仰尽失、彷徨迷惑的心态，这首歌一炮走红，万口传唱。一九九二年春天，邓小平南行，改革开放春潮再起。于是，一曲由叶旭全和蒋开儒填词、王佑贵谱曲、董文华演唱的《春天的故事》传遍大江南北，响彻神州大地。"有一位老人，在中国的南海边写下诗篇，天地间荡起滚滚春潮，征途上扬起浩浩风帆。春风啊吹绿了东方神州，春雨啊滋润了华夏故园。啊，中国；啊，中国，你展开了一幅百年的新画卷，捧出万紫千红的春天。"历来歌功颂德之作何止千千万万，但都被风吹雨打去，或者成为历史的笑柄，唯有此曲能广泛传唱，历久不衰。其故若何？曰：与人民同命运，合时代之脉搏也。

告别二十世纪九十年代，进入新的世纪，中国社会全面开放，竞争更趋激烈，利益分化日益明显。人们在享受社会进步成果的同时，也深深感到生存与竞争的压力。于是，人与自然之间，人与社会之间，人与人之间，乃至人之本身身与心之间，产生了严重的不适应、不协调、不和谐的状态。值此彷徨苦闷之际，由何训友和何训田填词、何训田谱曲、朱哲琴演唱的《阿姐鼓》正好代表了人们对心灵家园的呼唤与追寻。"我的阿姐从小不会说话，在我记事的那年离开了家。从此，我就天天天天地想阿姐啊。""天边传来阵阵鼓声，那是阿姐对我说话：唵嘛呢叭咪吽，唵嘛呢叭咪吽。"向往自然，祈求神佑，返璞归真，成为新世纪人们普遍关注的话题。恰当此时，执政者明确提出了人文关怀与和谐发展的口号。此中情形，正如老子的"大道废，有仁义。智惠出，有大伪。六亲不和，有孝慈"。不过，能够看到社会的矛盾和冲突，并且弘扬人道主义和普世价值观念，总不至于遭人诟病。但是，人们在张扬人性、向往自然之时，亦应保持理性，直面现实。否则，难免陷入自然主义与神秘主义的泥淖。

伟大时代孕育美妙歌声，美妙歌声反映伟大时代。时代与歌声紧密相连，默然契合，相得益彰。唯其如此，时代乃为伟大之时代，歌声遂成美妙之歌声。

（原载《东江时报》2009 年 1 月 10 日）

好歌曲美在何方

余好歌曲，乐而忘忧。虽目不识谱，口难成调，仍心向往之。好歌曲美在何方？吾感之于心，宣之于口，而未敢形之于笔，尔来三年有余矣。此何故？曰专业所限而知识未及也。近日，中央电视台举办《歌声飘过三十年》大型文艺晚会，以纪念改革开放的伟大历程。一首首优美动听的歌曲仿佛将我们又带进了那波澜壮阔的历史洪流之中。由是感言，所谓歌曲者，词与曲之相合，歌者之所演唱，受众之所乐闻而愉悦者也。以此推知，好歌曲之美者，词美、曲美、音美、意境美之谓也。

凡歌必有词，词必求其优美。歌词之优美，首在反映自然，描绘客观世界万千气象之美景。山河壮丽，大地锦绣，日月轮替，四季变换，万物生息。此乃自然界绝妙之景致，歌词若能反映及此，必定令人心旷神怡，赏心悦目，安泰祥和。歌词之优美，次在反映人类生活，展示丰富多彩之人生。天地之间，生为万物之灵。其出生入死，爱恨情仇，欢乐痛苦，盛衰荣枯，无时不有，无处不在。歌词若能反映及此，必定令人超越世态炎凉，感悟人生真谛，契合天人之道。歌词之优美，尤在把握时代发展脉搏，抒发人民大众心声。当代中国，改革开放，天翻地覆，人间巨变。当此社会剧变、泥沙俱下之际，人们难免目迷五色，真假不辨，无所适从，怨气冲天。歌词若能反映及此，必定令人感受时代之脉搏，顺应发展之潮流，推动社会进步。总而言之，歌词之优美，在于求真、求善、求美，在于反映自然、反映人生、反映时代。唯其如此，好歌曲才能深入人心、万口传唱，历久弥新。

好歌词不易得，好曲调更难求。故好歌曲之美，尤其美在曲调。歌之曲调自何而来？曰来源于自然界与人类社会生活中客观存在之各种美妙音符及其韵律。以自然界之音符而言，若天风之浩荡，山陵之崩裂，江海之咆哮，溪水之欢唱，林木之细语，虫鸟之清脆，百花之飘香。以人类之声音而言，若劳动之口号，呼吸之扬抑，快乐之欢娱，忧伤之悲泣，少年之雀跃，中年之奋发，老成之悠扬。凡此种种天籁人声反映于作曲家头脑之中，经过加工提炼与组合升华，酿制成美妙的乐章。这些乐章或欢乐明快，或凄美悲凉，或雄浑典雅，或激越清扬。大凡乐曲之属，皆由主旋律与辅旋律组合而成。所谓主旋律者，乐曲之主调也。它反复出现，体现乐曲之风格，彰显乐曲之灵性，引领乐曲之行进。所谓辅旋律者，乐曲之配调也。它起承转合，丰富滋润，烘托补充，使主旋律得以发挥，得以张扬，得以统领篇章。主旋律之于辅旋律也，犹如树干伟岸之于枝叶繁盛，犹如高峰突兀之于山峦起伏，犹如大河奔流之于百川交汇，犹如身体躯干之于肌肤毛发，犹如人之灵魂之于思想言语。这些乐曲，作用于我们的感官，冲击着我们的心房，张扬着我们的灵性，引领着我们走进那艺术的殿堂。

美词妙曲，尚需歌者演绎，方能传播远扬。当今之世，人们重视参与，歌咏自娱自乐，蔚然成风。每逢盛典雅集，人人一展歌喉，虽无绕梁三日之功，亦有震惊四座之效。更有一班快男超女，借此打造声势，往往一夜成名。于是，歌坛新秀蜂起，社会粉丝蚁从，名优大家，难以专其美矣。由此看来，人人皆有音乐天赋，个个或可成为歌唱名家。然而，歌咏之事绝非儿戏，名优大家终需千锤百炼。余观乎，名优大家之长成无不经过刻苦之磨砺，无不具备深厚之人文素养。唯其如此，他们方能准确而深刻地理解与把握词曲之精髓，并将其化为自身之心声，自然畅快地流淌而出。这样的演唱，必定音质优美、吐词清晰、气韵深厚、感情充沛。这样的歌声，或清新明快，或雄浑大方，或温润婉约，或高亢激昂，或深邃幽远，或典雅辉煌。依此而言，歌者对歌曲之演绎不仅仅是对词曲的机械模仿或简单传送，而是对词曲作者艺术情感的深切体悟和二度创作。于是，天籁之声得以传闻，金声玉振出自心房，深情厚谊感人肺腑。在这优美动听的歌声中，亿万听众耳愉目悦，手舞足蹈，激情飞扬，乃至随声唱和。于是乎，名歌手备受万众敬仰，好歌曲得以周传天下。

美词妙曲好歌声，愉悦听众耳目，抚慰听众心灵，必定在他们的脑海中建构起一幅幅美妙的意境。此种意境乃传授双方沟通之基础，亦为歌曲美灵魂之所在。此类意境，约略可分为二：一为直接意境，一为间接意境。所谓直接意境者，歌曲直接展示之具体景象也。因其直接具体，无须人为加工创造，所以又可称为具体意境或具象意境。此类意境使人身临其境，感同身受，忧乐与共，从而超越现实生活中之苦与乐。"泉水叮咚，泉水叮咚，泉水叮咚响。跳下了山冈，走过了草地，来到我身旁。泉水呀泉水，你到哪里去？唱着歌儿，弹着琴弦，流向远方。"《泉水叮咚响》这首歌曲为我们展示的正是这样一幅泉水"叮咚"作响，一路欢歌的直接而具体的意象。所谓间接意境者，盖由歌曲之直接意境引发而出，抑或由听众从词曲作者所欲表达的空灵玄妙之意念中体悟得来。因是之故，间接意境亦可称为抽象意境或虚像意境。歌曲《阿姐鼓》虽然也展示了阿姐、鼓声以及"我"对阿姐的思念等直接或具体意境，但通过此类直接或具体意境，歌曲真正所要表达的则是那辽阔简远而又飘忽空灵的间接或抽象意境。在那冥冥苍穹之下，茫茫雪域之上，人与神之间展开了坦诚炽热的对话。"天边传来阵阵鼓声，那是阿姐对我说话：唵嘛呢叭咪吽，唵嘛呢叭咪吽。"这震撼人心的鼓声，这庄严神圣的经文，这空灵玄妙的意境，使天地相呼应，人神共愉悦。在这美妙的意境中，人们忘了天，忘了地，忘了生，忘了死，忘了世俗生活的是非恩怨。于是，意念得以超越，心身倍感慰藉，愉悦达于极致。由此可见，意境之美实为歌曲美之根本，而间接意境美或抽象意境美则为意境美之灵魂也。

（原载《广州日报》2009 年 2 月 4 日）

听音乐，写文章

于疲倦之时，逢烦恼之事，或上班工作之前，听听音乐，心平气和，悦己愉人，事事顺遂。此种境界，乃人生一大乐事也。不仅如此，笔者还发现，听音乐与写文章之间关系密切，甚至可以说，二者实为一体，相得益彰。

音乐和文章都是人们对现实生活的艺术反映，只不过反映的形式不同而已。音乐家感受现实生活，用乐符构建现实生活之音乐世界，其目的在于引导人们欣赏现实生活之韵律，从而净化人们的心灵，抚慰情感，以乐观的态度应对万事万物。文学家感受现实生活，用文字符号描绘现实生活之理性世界，旨在帮助人们拓展思维领域，逐渐认识人生之真谛，从而使人们加强内心修炼，提升人格品位，以仁慈谦卑之心关爱同类众生。由此可见，故文章与音乐，理一而分殊，异曲而同工也。

以内容而言，文章与音乐皆须真实与真诚。真实真诚方有真情，文学艺术作品有真情方能动人。饱含真情之文学艺术作品一旦深入人心，就能形成传受双方心灵共振，瑰丽多姿之艺术境界由是生焉。真正的艺术境界乃客观世界原生态情景之再现，因此真正的艺术作品应该引领人们进入客观事物之原生态情景。只有体验此种情景，人们才能通过艺术作品之媒介，透彻感悟人生之意义和价值。唯其如此，汤灿一曲《家乡美》才得以唱响神州大地，慰藉亿万游子思乡之情怀。"家乡美，最美是那家乡的人。天天都唱歌，年年都欣慰。一方水土一方情，生在心里的根。"改革开放，亿万农民背井离乡，进城务工。树高千丈根在泥土，鸢飞云端线系手中。谁人没有自己的家乡，谁人不热爱自己的家乡？闻听此曲，谁人不起故园情？一方水土养一方人，故乡有我生命的根。

以结构而言，文章与音乐皆有其精妙之结构，而且此种精妙结构均来自于天然，非人工所能造设也。如《家乡美》这首歌曲之所以优美动听，不仅因为其内容真实真诚，而且还在于其结构精妙与层次分明："家乡美，最美是那柔柔的家乡水。水边的风儿轻轻吹，天空的燕子悠悠的飞。远方的游子请你快快回。"家乡的山美，水美，人美，风情美。如此真情美景，自然发出深情的呼唤："远方的游子请你快快回。"这一切均出于自然，推演于逻辑，发挥自真情。由此可见，无论音乐或文章，凡艺术作品，其美妙之结构，均取法乎自然。若不循自然之轨，而人强为造设，即使优秀作品，亦难免破绽百出。京韵大鼓《半屏山》，讲述石屏山下石屏女与水根哥生死不渝的爱情故事。海龙王作孽，抢走石屏女，劈开石屏山，用海峡分割了大陆与台湾岛。面对威逼利诱，"石屏女坚贞不屈，不为所动。望大陆唤亲人，喊声凄惨，动地惊天。到后来，石屏姑娘化作石像，日夜悲歌，情意缠绵：'半屏山，半屏山，一半在大陆一半在台湾。'"本来，作品至此已臻于完美，政治宣传效果亦佳。但是，作者当止而不止，继续强调其统一祖国的政治宣传意图："到今天，半屏山屹立台湾岛，姑娘的石像凝视海天。歌声传遍海峡两岸，两岸的亲人盼团圆。歌声越过台湾岛，分离的骨肉一定要团圆。盼明朝台湾回归祖国的怀抱，同携手装点咱锦绣河山。"此乃画蛇添足，狗尾续貂，情可谅而体未当也。常常有人，虽敏于事而感于怀，却无法建构优美的艺术作品。更有甚者，在丰富的艺术世界中难以成篇，以致归于寝寂。此弊之因由，盖在未能体察自然之结构及其层次，并依此建构文章之风骨。边听音乐，边体味其中优美的结构，对于讲求为文之道大有裨益。

以表现形式而言，文章与音乐均有相同或相似之表现形式。这些表现形式包括排列对比、拟人状物、由此及彼、小中见大、移情换境，等等。朝鲜电影《卖花姑娘》插曲之所以感人至深、历久不衰，很大程度上应归功于其对比形式之运用。"买花来哟，买花来哟，快快来买这束花。让这鲜花和那春光，洒满痛苦的胸怀。""买花来哟，买花来哟，花儿好哟红又香。朵朵红花卖不完，滴滴眼泪流不完。"清纯的少女和鲜艳的花朵，是世界上最美好的人和物；穷苦的命运和不屈的抗争，则是社会中最严酷的现实。卖花姑娘把鲜花卖给别人，将苦难留给自己。在这春暖花开之时，终日卖花泪不干。人间不平，至此极也。音乐将此两者对比排列，高低起伏，抑扬顿挫，回旋激荡，交替呈现，从而烘托出凄切美艳的艺术境界，使人心灵震撼，久久难以忘怀。

优秀的音乐作品和文学作品一样，都属于特定的时间和空间。从这个意义上来说，文学音乐乃至一切艺术作品都有其地域性和时代性。正因如此，东方音乐不同于西洋音乐，古典音乐不同于流行音乐。正因如此，不同的音乐作品才有其存在的价值，才能广泛传播和相互交流。也正因如此，听音乐应如写文章一样，首先要知道它姓甚名谁，家在何方。"夜半三更哟盼天明，寒冬腊月哟盼春风。……若要盼得哟红军来，岭上开遍哟映山红。"优美空灵的乐曲响起，《映山红》这首歌曲自然将人们带入在空旷悠远的湘赣闽粤边界红色革命根据地那一段早已逝去的风云岁月。湘东、赣南、闽西和粤北，崇山峻岭，连绵数千里。此地贫瘠，民风淳朴。漫山遍野的红杜鹃，正是客家山民热情好客的真实写照，也是贫苦大众反抗压迫的形象展示。所以说，《映山红》是客家山民之歌，是革命之歌，也是自由民主之歌。世上事，每时每刻都在变化。唯一不变者乃时空也，唯一变化者亦时空也。一首歌，一支曲，或者一篇文章若能反映特定的时空，又能展示自己的个性，必定超越时空，周传天下，流芳百世。

（原载《广州日报》2007 年 6 月 28 日）

为有源头活水来

　　为文必先立意，立意而后命题，命题方能成篇。意者，文章之灵魂也；题者，文章之标识也；篇者，文章之形体也。意自何来？题从何出？篇由何成？概而言之，文章创作之动因何在？吾尝上下求索，左右思量，得其要妙者必经三个过程：一曰有感而发，二曰感而后发，三曰机缘巧合，不得不发。

　　有感而发者，作者感知与体悟客观外界事物，并将此种感知与体悟予以表述之过程也。人与自然，本同一体。人之在世，出生入死，无异于草木之荣枯。然而，人有聪明的头脑与敏感的心灵，能够观察与体悟客观外界事物及其变化。唯其如此，人乃为万物之灵者。万物有道，道法自然，自然即美。作者若能细心观察、发现和体悟客观外界之美，并力图将其表现出来，则文意立而标题定矣。依此而言，为文之道乃作者观察与体悟客观外界事物并有感而发之过程也，文章之成乃作者观察与体悟客观外界之事物并有感而发之结果也。大凡作者欲表达某一内容，必先大量感受此类事物，方能有感而发。一般而言，有感而发者大多为作者亲身所经历、所感受、所熟悉与所体悟之事物。正因为有深切之感受，作者写作时便胸有成竹，情真意切，顺畅自如。

　　有感而发，并非感而即发或者感而滥发，而是求善求美，感而后发。人之所感，因其经验、学识与修养不同，常有高低之分与雅俗之别。其所感高而雅者，感而发之，愉己悦人，有益心身。其所感低且俗者，感而滥发，妨害群伦，有伤风化。时人浮躁，读书辩理者寡，为文著述者众。作者之流，无感而发者有之，感而即发者有之，感而滥发者亦有之。鹦鹉学舌，照抄照搬，无病呻吟，无感而发者也。追风逐浪，浮光掠影，流于形表，感而即发者也。私心横呈，杂念狂张，怨天尤人，感而滥发者也。凡此种种，皆为情感之乖戾，与夫斯文之败类也。欲矫此弊，则应求善求美，有感而发，感而后发。有感而发，发乎真情而超越私心，求其善也；感而后发，源于生活而高于生活，求其美也。由此可见，文章者，乃作者长期体悟生活之结晶，心力劳作之佳酿，真性才情之展示，生命价值之延续也。极而言之，魏文帝曹丕有言："盖文章，经国之大业，不朽之盛事。年寿有时而尽，荣乐止乎其身，二者必至之常期，未若文章之无穷。是以古之作者寄身于翰墨，见意于篇籍，不假良史之词，不托飞驰之势，而声名自传于后。"既然为文乃神圣之道，岂可游戏而作焉？

有感而发，感而后发，机缘巧合，不得不发，则其为文之成不远也。其间，有无之相生，快慢之相形，苦乐之相随，玄妙莫测，全赖机缘巧合之一端耳。所谓机缘者，乃时事发展之机遇及其能够激活作者预存文意与创作激情之微妙因素也。机缘之兴也，如风雨骤至，了无征兆。机缘之失也，似尘雾之飘散，不着痕迹。其如空中之音，水中之月，镜中之花，意可会而言难传也。此类机缘，或为时事之变化，或为阅读之所得，或为朋友之交谈，或为编辑之索稿，或为漫步之沉思，甚或为睡梦之幻境。机缘未至，率尔操觚，虽搜索枯肠，难免文思萧条，篇章不成。机缘既来，随兴挥毫，虽漫不经意，也会灵感飞扬，文辞激越。真可谓，有意栽花花不发，无心插柳柳成荫。机缘巧合，天意弄人，一至于此，岂不妙哉？

"问渠那得清如许，为有源头活水来。"体悟客观，有感而发，文章创作之外在动因也；求善求美，感而后发，文章创作之内在动因也；机缘巧合，不得不发，文章创作之内在动因与外在动因之关结也。三者兼备，文道畅而佳作成矣。

（原载《广州日报》2008 年 3 月 12 日）

文越千秋意犹香

汉武元朔二年（前127），帝纳主父偃议，徙天下豪杰之家于茂陵。以为如此，可以"内实京师，外销奸猾，不诛而害除"。关东大侠郭解为人豪爽，乐善好施，亦在徙中。解平生睚眦杀人，莫知为谁。遂杀郭解，族其家。时论哗然。

荀悦论曰："世有三游，德之贼也：一曰游侠，二曰游说，三曰游行。立气势，作威福，结私交以立强于世者，谓之游侠；饰辩辞，设诈谋，驰逐于天下以要时势者，谓之游说；色取仁以合时好，连党类，立虚誉以为权利者，谓之游行。此三者，乱之所由生也。伤道害德，败法惑世，夫先王之所慎也。"此论一出，众议乃息。于是，独尊儒术而罢黜百家，厉行皇权而削斩诸侯，强武华夏而宾服四夷，集权专制自此成矣。

千年已过，时至北宋末叶，三游之风再起。当是之时，官场趋于浮华，道德几近沦丧，社会濒临动荡。有鉴于此，司马温公撰《资治通鉴》，借古讽今，痛斥时弊。其辞略曰：凡此三游之作，生于季世，周秦之末尤甚焉。当此之际，乱象横生："上不明，下不正，制度不立，纲纪弛废；以毁誉为荣辱，不核其真；以爱憎为利害，不论其实；以喜怒为赏罚，不察其理。上下相冒，万事乖错。是以言论者计薄厚而吐辞，选举者度亲疏而举笔，善恶谬于众声，功罪乱于王法。然则，利不可以义求，害不可以道避也。是以君子犯礼，小人犯法，奔走驰骋，越职僭度，饰华废实，竞趋时利。简父兄之尊而崇宾客之礼，薄骨肉之恩而笃朋友之爱，忘修身之道而求众人之誉，割衣食之业以供飨宴之好，苟且盈于门庭，聘问交于道路，书记繁于公文，私务众于官事，于是流俗成而正道坏矣。"众人皆醉君独醒，举世皆浊我自清。痛诋时弊，畅快淋漓。贤哉温公，壮哉斯文。

当今之际，社会转型，世风丕变。人情趋利忘义，醉生梦死。重经营而轻实创，慕富贵而鄙贫贱，逐奢华而弃勤俭，享成就而畏艰难，肆物欲而昧天良。有钱有势者，则温恭自虚，谦卑甚于家奴；无职无钱者，则趾高气扬，冷落形同路人。人情寡薄，物欲横流，此乃有目共睹之事实，毋庸讳言之现象也。时越千载，颓风犹存，甚或变本加厉，吾辈奈何？反观司马温公，正气凛然，辞意畅快，指斥时弊，奋不顾身。正可谓文越千载意犹香！信乎哉，信然也。

（原载《广州日报》2007 年 10 月 12 日）

白云清流有华章

　　人云：清风不识字，何必乱翻书。吾曰：清风不识字，何妨乱翻书。此何谓也？曰开卷或有益焉。近日翻书，偶得佳文，眼为之亮，心为之动，情为之而喜气洋洋者也。文题"寄蔡氏女子二首"，作者为北宋著名政治家、思想家和文学家王安石。蔡氏女者，荆公之女、蔡京之弟蔡卞之妻也。文甚简约，十来句，百余字，文辞秀雅，意境高远，精妙绝伦，吾宝而爱之。不敢自专，遂全篇抄录如下，以悦君子。其辞曰：

　　建业东郭，望城西堠。千嶂承宇，百泉绕溜。青遥遥兮缠属，绿宛宛兮横逼。积李兮缟夜，崇桃兮炫昼。兰馥兮众植，竹娟兮常茂。柳蔫绵兮含姿，松偓寋兮献秀。鸟跂兮下上，鱼跳兮左右。顾我兮适我，有斑兮伏兽。感时物兮念汝，迟汝归兮携幼。

　　我营兮北渚，有怀兮归女。石梁兮以苫盖，绿阴阴兮承宇。仰有桂兮俯有兰，嗟汝归兮路岂难。望超然之白云，临清流而长叹。

　　其景也，旷阔清新；其情也，纯朴真诚；其辞也，瑰丽雅致；其意也，深邃悠远。绝代佳文，千秋罕见，百世流芳，诵读之下，凡人莫不赞扬而宝爱之。《西清诗话》载：元丰中，东坡过金陵，日与荆公游。公以近制示之，东坡云："'积李兮缟夜，崇桃兮炫昼'，自屈、宋没，旷千余年，无复离骚句法，乃今见之。"荆公对曰："非子瞻见谀，自负亦如此。"

　　百年以降，文公朱子编撰《楚辞集注》，收录此文，并作如下之评价："公以文章节行高一世，而尤以道德经济为己任。被遇神宗，致位宰相。世方仰其有为，庶几复见二帝三王之盛。而公乃汲汲以财利兵革为先务，引用凶邪，排摈忠直，躁迫强戾，使天下之人嚣然丧其乐生之心，卒之群奸嗣虐，流毒四海。至于崇宣之际，而祸乱极矣。公又以女妻蔡卞，此其所予之词也。然其言平淡简远，翛然有出尘之趣，视其平生行事心术，略无毫发肖似，此夫子所以有'于予改是'之叹也欤？"

显然，囿于门户之见，朱子对变法新政深怀怨尤，然于王安石其人其文尚能表示敬意，且不吝赞颂之词。于其人也，既承认他"文章节行高一世，而尤以道德经济为己任"，又指斥他"引用凶邪，排摈忠直，躁迫强戾，流毒四海"。于其文也，既赞赏"其言平淡简远，翛然有出尘之趣"，又质疑于"其平生行事心术，略无毫发肖似"。于是乎，素以"致广大、尽精微"著称的理学大师陷入了自相矛盾的境地。

其实，只要将王安石其人其文置于当时的特殊情景之中，此类矛盾便可迎刃而解。纵观北宋一朝，"民"富国穷，外强环逼，积贫积弱，俨然病夫。为治顽疾，王安石等志士仁人奋起改革，以求国家之中兴。其间，"躁迫强戾"或许有之，"引用凶邪"亦属难免，然"汲汲以财利兵革为先务"并无不妥。而真正流毒四海，致天下于祸乱之极者，则是那些反对改革的既得利益集团及其贪官污吏之类也。文公朱子未及于此，贸然以"群奸嗣虐，流毒四海"断其是非，实乃因袭师说，狃于党争，属于污蔑不实之词。于其人也误解既深，于其文也自难窥其意蕴。《寄蔡氏女》者作于何时，朱子未做交代。考诸荆公年谱，斯文之作当在元丰五年（1082）之际。此其时也，王安石二度罢相，虽逾六载，但他仍处于惶惑忧愤之中。表面上，终日寄情于山水之间，似有翛然出尘之趣。内心中，时刻萦怀于新政之上，深含壮志未酬之痛。"极目江南千里恨，依前和泪看黄花。"正是在这种表面超然洒脱、内心悲愤不已的深刻矛盾之中，王安石写下了这千古名篇《寄蔡氏女子二首》。

望超然之白云，临清流而长叹。千年已过，悲歌未绝。前驱者仰天浩叹，改革家奋发而起。千年如斯，千年如斯！

（原载《汕尾日报》2008 年 2 月 18 日）

审美意象与理性观念

世事触于耳目，感于心灵，形诸音像图文，艺术作品由是而生焉。然而，事物所现场景不同，耳目所触焦点各异，心灵所感深浅参差，音像图文表达方式殊途。于是乎，所谓艺术作品者，内容真假易分，品位高下立判。有些作品，虽超然物外，形不肖而神相似，却生机充盈，神采飞扬，感人至深。有些作品，虽描绘逼真，形周正而神圆润，却呆板凝滞，毫无生气，令人厌烦。相形之下，艺术作品价值高下悬殊，判若霄壤。此何故也？曰：艺术作品审美意象之有无及其高下有别之所致也。

所谓审美意象者，乃是指客观物象与理性观念相结合之产物。它是由想象力所形成的感性形象，在艺术创作心灵中起灌注生气之作用，并且能够引导人们浮想联翩，幻化万象，穿越时空，沟通神灵。德国哲学家康德有言，所谓天才不过是人借助想象力表达审美意象的功能而已。依康德之见，人之想象力略可分为复现性想象力和创造性想象力两种类型。所谓复现性想象力，主要根据对经验的记忆，并运用类比律和联想律，将从外界所吸取的材料或印象复现出来。依靠这种想象力复现出来的作品虽然也可以将经验的面貌加以改造，但无法产生新的生命，只能自娱娱人，而无法超越现实和启迪人生。创造性想象力则不然，它除借助复现性想象力的方法之外，还要根据理性观念，将从外界所吸取的材料加以改造，使之具有新的生命，成为"第二自然"或"超自然"的东西。这种新的"第二自然"或"超自然"的东西才是艺术创造，才是审美意象之显现，才是艺术作品灵魂之所在。由此可见，审美意象之有无及其高下与否，乃判别艺术作品之真伪及其艺术价值之高下的主要依据。

审美意象与理性观念相互映照，密不可分。理性观念是审美意象之理念灵魂，审美意象则是理性观念之感性形象。艺术作品审美意象之有无，主要取决于它是否能够通过具体的感性形象表达某种理性观念。审美意象作为所表达的理性观念之感性形象，其表现方式是个别的、具体的，具有特定的时空性，而它所表达的理性观念则是普遍的、抽象的，具有永恒性。一个理性观念可以由无数感性形象来显现，但其中任何一个感性形象都难以显现它所表达的理性观念的全部内涵。于是，审美意象在表达理性观念的过程中便有了强弱之分、高下之别，有了千差万别的表现形式。因此，艺术创作之源泉无穷无尽且永不枯竭，艺术创作之灵感生生不息而永恒不灭。

艺术作品之中，审美意象由客观物象与理性观念相互结合而生成。意与象合，其情形大致有三：一曰有象无意，二曰有象有意，三曰无象有意。有象无意者，有具体物象而无理性观念，因而无审美意象，故毫无艺术价值之可言。有象有意者，有具体物象亦有理性观念，因而有审美意象和艺术价值。但可能因其审美意象与理性观念相距甚远，故其艺术价值未必高妙。无象有意者，无具体物象但有理性观念，因而有审美意象和艺术价值。又因其审美意象为理性观念之自然显现，二者相距近密，此乃艺术价值之上乘者也。三者之中，唯无象有意者艺术价值最高，此类作品方可称为艺术精品。由此可见，审美意象之有无决定艺术作品之真伪，审美意象与理性观念距离之远近决定艺术作品价值之高低。

大凡对衣食住行之感受，对爱恨情仇之萦绕，对社会时局之褒贬的艺术作品，皆属于有象无意之类。此类作品，大多属于应景急就之作，虽然它们能制造一些感官刺激，获取一时名利，但因其反映现实生活直接而浅薄，未能建构审美意象或其审美意象远离理性观念，终究难以深入人心而长久流传。与此相反，凡是对人生意义之体悟，对自然环境之反思，则属于有象有意之类。此类艺术作品，属于作者心灵之真情流露，虽然可能因不合时宜而困顿幽隐于一时，但因其反映现实生活间接而深入，因其审美意象显现相应理性观念，必能感召众生而传播久远。更有上乘者，凡是对现实物象之超越，对人类情感之升华，或属于无象有意之类。此类艺术作品，属于作者对世界本源之探索，对生命真谛之关怀。它们虽然无物无象而空灵幽邃，但因其属于理性观念之自然显现，故能抚慰众生、愉悦心灵，能引领人们进入艺术的殿堂，自觉追寻那纯真善美的精神家园。

审美意象之所以能够引领人们进入艺术的殿堂，并自觉追寻那纯真善美的精神家园，主要原因在于理性观念早已存在于人们心灵之中。古希腊哲学家普洛丁（Plotinus，205—270）认为，理性观念是宇宙之本源，是真善美三位一体的纯粹精神。它像太阳一样把自己的光由近及远地逐渐放射出来，从而创造世界。理性观念之光最先放射出"理"，然后放射出"世界心灵"和"个别心灵","个别心灵"与物质相结合最后才产生肉体。因此，物质世界和肉体本身是肮脏和黑暗的。在物欲横流的现实世界，人们的心灵始终处于躁动与痛苦之中，渴望回归理性观念的精神家园，而审美意象正是引导心灵回归的希望之光。正是在这种审美意象的引导之下，人们忘却是非，无虑生死，超越自我，超越尘世，始终沉浸在希望与欢乐的艺术享受之中。因是之故，优秀的艺术作品，创意无限，魅力无穷，万古流传。

（原载《东江时报》2010 年 8 月 8 日）

诗从心出

　　余常为文，偶亦作诗。文无定法，有感而发，随心所欲，任人评说而已矣。诗有规范，起承转合，平仄韵律，岂可任意而为哉。于是，每有章句，辄示诸生友，请益专家，非为无忌自炫之狂，实则请益多师之谓也。生友者流往往随声附和，不吝赞誉之辞。专门之家大多沉吟再三，未肯轻付褒贬之语。是以，诗者何谓？难以自辨。萦怀既久，感悟自生。感悟者何？曰：诗从心出。

　　所谓诗从心出者，乃作者于现实生活有感而发之谓也。世事触于耳目，感于心灵，形诸文字，诗文之作由是而生焉。《诗·大序》云："诗者志之所之也。在心为志，发言为诗。情动于中而形于言。言之不足，故嗟叹之。嗟叹之不足，故咏歌之。咏歌之不足，不知手之舞之，足之蹈之也。"陆机《文赋》亦云："伫中区以玄览，颐情志于典坟。遵四时以叹逝，瞻万物而思纷。"由此可见，有感而发，诗文同源，二者均是现实生活在作者头脑中的反映。正因为对现实生活有深切之感受，作者才有真情，创作才有动因。依此而言，有感而发，诗从心出，即为诗之源泉也。

　　有感而发，诗从心出，或喜或怒，或笑或哭，或褒或贬，或慷慨激昂，或超然悠扬，皆可为诗。反之，若回避现实，粉饰太平，歌功颂德，乃至无病呻吟、溜须拍马、颠倒黑白，其文字即使具备诗之形式，但因其缺乏诗之灵魂，故不能称之为诗。此何故耶？或曰物有不平则鸣，人有不平则郁结于心，郁结于心则愤发而为诗。正如太史公所言："诗三百篇，大抵圣贤发愤之所为作也。"近人王国维亦曰："诗词者，物之不得其平而鸣者也，故欢愉之辞难工，愁苦之言易巧。"由此可见，反映现实、批判现实、张扬个性，有感而发，实为诗之灵魂也。

　　诗有源泉，有灵魂，亦有眼睛乎？曰：有之。大凡诗篇之成，未必字字珠玑，无须句句锦绣。其间有铺垫，有过程，有高潮，有结尾，有平淡无奇之语，亦有精彩神来之笔。此所谓高潮和精彩神来之笔者，即诗之眼睛也。一诗之中，或写景，或状物，或抒情，或表意，此其所谓表意者，亦即诗之眼睛也。至于诗意之表达又有所谓"有我之境"与"无我之境"

之分别。"可堪孤馆闭春寒，杜鹃声里斜阳暮"，此有我之境也；"采菊东篱下，悠然见南山"，此无我之境也。王国维论诗云："有我之境，以我观物，故物皆着我之色彩。无我之境，以物观物，故不知何者为我，何者为物。古人为词，写有我之境者多，然未始不能写无我之境。此在豪杰之士能自树立耳。"相形之下，"无我之境"优于"有我之境"。如果说，"有我之境"为诗之眼，那么"无我之境"则为诗之眼，眼之睛也。

诗眼之妙，妙在言在此而意在彼一端耳。"而今识尽愁滋味，欲说还休。欲说还休，却道天凉好个秋。"言在此"却道天凉好个秋"，而意在彼"而今识尽愁滋味"也。"极目岭表云天外，忘却书生满头霜。"言在此"极目岭表云天外"，而意在彼"忘却书生满头霜"也。彼此之间，看似山隔水绕，实则紧密相连，存在某种相似性。此种相似性或为时间之顺序，或为空间之临界，或为情景之交融，或为逻辑之推演，或为性质之关联。正如清人刘熙所云："山之精神写不出，以烟霞写之；春之精神写不出，以草树写之。故诗无气象，则精神亦无所寓矣。"正是有了这些相似性或关联性，生活才色彩斑斓，文辞才生机盎然，诗意才空灵飞扬。

（原载《茂名日报》2011 年 11 月 9 日）

诗说三则

一

凡为诗，须"三有四要"。三有：一有批判意识，二有抽象意识，三有美化意识。批判意识者，关注现实之谓也。现实之宏大而深远有二，一曰人民大众之所需所想所思，二曰人性良知之善美。关注、体悟、表彰此二者，批判意识具矣。抽象意识者和美化意识者，源于生活而高于生活之谓也。生活繁杂，物质精神俱存。于此，应有所选择，有所抽象，有所超越，有所升华，有所美化。因是之故，歌功颂德者不为诗，一己私欲者不为诗，粗俗鄙陋者不为诗。

四要：一要"有"——有生活，酸甜苦辣皆入诗；二要"飞"——飞龙在天，源于生活而高于生活；三要"展"——时乘六龙以御天，全方位拓展与联想；四要"酿"——精益求精，字斟句酌，音韵和畅，意境超然。故曰：诗从心中出，意念欲升腾。风雷入眼底，笔端揽白云。

吾尝以此教学生写诗，鼓励曰：不怕丑，放飞想象的翅膀！有三点，可以为诗也。

（写于 2018 年 7 月 12 日）

二

诗言志，诗者志也。事中有情，情中有志。事非一情，情非一志。故曰，诗者言在此而意在彼也。凡写事、写人、写物、写景、写情皆写我心，写我志也。何故？诗言志。写事者，非纯观事物本身，而是客观事物在吾心中之反映；写人者，非纯客观外界之他人，而是他人在吾心中之形象；写情写景亦然。别林斯基说，任何一个诗人也不能由于他自己和靠描写他自己而显得伟大，不论是描写他本身的痛苦，或者描写他本身的幸福。任何伟大的诗人之所以伟大，是因为他们的痛苦和幸福深深地扎根于社会和历史的土壤，因为他们是社会和时代的代表。

（写于 2018 年 12 月 28 日）

三

诗圣杜甫生于官宦之家，然家道中落，自求功名利禄，饱受屈辱。遭遇安史之乱，颠沛流离，仰仗于人，历尽艰辛，深解世态。艰难困苦，屈辱生存，天降大任于斯人也。《旅夜书怀》一首，道尽穷愁潦倒之态，抒发有志难酬之愤。即便如此，其境界之壮阔，气势之磅礴，心志之高远，意志之自由，足可横绝古今。正因如此，诗圣之桂冠，舍此人谁堪？由是可知，贫困出诗人，愤怒出诗人，非妄语也。此何故？曰：生计艰难，接近民生，体贴世情，不平则鸣，绝代佳作，喷涌而出。设若富豪之家，纨绔公子，虽天纵英才，终日锦衣玉食，歌舞升平，花前月下，无病呻吟，纵有辞章万首，安可有缘于天地哉？

（写于 2019 年 3 月 14 日）

"迷""疯""静"

——青年为学三境界

　　大家学问王国维先生尝云，"古今之成大事业、大学问者，罔不经过三种之境界：'昨夜西风凋碧树，独上高楼，望尽天涯路。'此第一境界也。'衣带渐宽终不悔，为伊消得人憔悴。'此第二境界也。'众里寻她千百度，蓦然回首，那人却在，灯火阑珊处。'此第三境界也"。王国维学问之高深，一般人难以企及，不然何以归纳出如此妙境。今依大家之意，以愚人小子之见，特拟"迷""疯""静"三字，以为青年为学之镜鉴。

　　"迷"者，如痴如醉，学术兴趣之谓也。学术研究亦如其他艺术创作，研究者必须对所研究之对象抱持浓厚兴趣。有兴趣，方有激情；有激情，方有动力；有动力，方能创造；有创造，方有成就；有成就，方可谓之成功。因此之故，民谚有云："情人眼里出西施。"或曰，"兴趣是最好的老师"。唯其如此，方可谓入于学术境界也。一入境界心神爽，如痴如醉人莫知。于是，蓬勃强劲之研究动力由此而生发，洁净精微之学术心境因此而养成。

　　"疯"者，抒发张扬，学术勇气之谓也。大凡在学术兴趣驱使之下，为学者搜集资料与整理思绪，必有奇思妙想。值此之际，研究者应对所研究的问题大胆提出疑问，发表见解。于是，"逢人便讲"与"逢鬼便说"便成为研究者必然之表现。所谓"逢人便讲"，是指对同行专家而言。如此"逢人便讲"，自己的观点会得到同行专家的认可或辩诘，因而会更为周全。所谓"逢鬼便说"，是指对于外行人士而言。虽然外行人士不能给予直接帮助，但在"说"的过程中，研究者的思路会越来越清晰，观点会越来越成熟。由此可见，即使"逢鬼便说"，研究者亦能间接受其惠焉。

　　"静"者，神清气静，学术修养之谓也。在对所研究的问题已取得明确结论，并已发表相关成果之后，学者则应沉默寡言，静如处子细无声。于此之时，若再"逢人便讲""逢鬼便说"，则显得狂妄自大，毫无学术修养可言。当然，沉默寡言并非沉默不言，而是要看听众之对象与所言之场合及其时机。若对象得其人，场合适其宜，时机恰其当，则应畅所欲言，一吐为快。正所谓：不鸣则已，一鸣惊人；不飞则已，一飞冲天。

"迷""疯""静"，青年为学三境界。真切与否，笔者不敢专断，诸君不妨躬身自省之。

（原载《广州日报》2007 年 4 月 24 日）

学术规范与反腐

腐败乃官家事、官场事，与学术研究何涉？然而，近年腐败毒雾无孔不入，学术界亦难独善其身。于是乎，学术腐败案件接连发生。一时间，学术反腐成为社会热门话题。热门话题之形成，必有因由。吾揣而度之，学术腐败之出现，或与当代社会之转型及"官本位"密切相关。

当今社会，计划经济向市场经济转型，知识分子获得新生，亦面临考验。曾几何时，"左祸"泛滥，"脑体倒挂"，知识分子"臭老九"穷且瘘也。市场经济引入竞争机制，知识价值大增，学术光明重现。忽如春风催桃李，穷且瘘者盛而荣。俗话说，人一阔，脸就变，"臭老九"之霉菌又有了发酵之温床。霉菌之一，爱慕虚荣是也。受社会转型期普遍浮躁心理之影响，"老九"之中，不甘寂寞、追名逐利者大有人在。于是，学术研究急于求成、弄虚作假者生焉。霉菌之二，"官本位"习性是也。学与官，求理治民，殊途同源。孔子有言，"仕而优则学，学而优则仕"。然而，仕可射利，学则受穷。无怪乎，人们往往熟记后语，而忘却前言。于是，学者为官以求其利，官员谋学以猎其名。官学勾结，各取所需，名利双收，乱象生矣。霉菌之三，高指标、瞎指挥是也。官员学者化，学者官员化，煌煌学术殿堂，俨然官场衙门。人分三六九等，攀比层出不穷，考核细致苛刻，赏罚立竿见影。高指标、瞎指挥、浮夸风应运而生。"官本位"习性浸入学术殿堂，难为谦谦君子。其贤而拙者往往痛苦而寂寞，其机而巧者则善于钻营而荣显。于是，以次充好者有之，联名发表者有之，抄袭剽窃者亦有之。

学术腐败危害深重，教训深刻，值得反思。反思之道，在于加强学术道德修养与遵循学术研究之规范。所谓学术规范者，其内容大致有以下五个方面：一曰，选题的原创性，即所选研究课题尚无人涉足，或虽有人涉足但尚有待推进。学术研究首在创新，炒人剩饭，拾人牙慧，皆不可取，有不如无。二曰，资料的原始性，即要求广泛搜集和发掘第一手资料。学术研究无外乎两种取向，一是以理论推演见长，二是以资料宏富取胜。以理论推演见长者，长篇大论即刻可就，不为难事。以资料宏富取胜者，则需经年累月，披阅摘抄，耗费精力，难能可贵。不过，艰苦之中充满欢乐，瑰丽的思想火花随时闪烁其间，妙不可言。三曰，观点引述的谦逊性，即引述他人成果必须注明出处，尊重他人劳动成果。如果大段引述，又不注明出处，则是掠人之美，谓之"文贼"。四曰，成果发表的谨慎性，即成果成形之后要反复修改，且须搁置一段时间再予发表。或曰，如此推延，岂不让人捷足先登，拔得头筹？其实，大可不必为此担忧，真正属于自己的成果是不怕别人抢先发表的。譬如爬山，沿途风景相似，各人观感不同，所记所述自然有别。假的真不了，真的抢不去，此种自信，学人本应有之。五曰，学术侵权的畏惧性，即充分认识抄袭剽窃之卑劣与危害，内心深处常存慎独戒惧之心。大凡抄袭剽窃之徒，往往心存侥幸，以为掩耳盗铃，便可得计于一时。殊不知，天网恢恢，疏而不漏，长此以往，必将自取其咎。丑行一旦败露，辄身败名裂，不齿于学林。早知如此，何必张狂于初。是以学者每临名利之际，理应戒之，惧之，独而慎之。

学术研究乃神圣之事，亦为清苦之事。自古圣贤皆寂寞，心血生命写文章。吾辈切记，切记！

（原载《广州日报》2007 年 5 月 2 日）

"功夫"与"灵感"

研究生者，顾名思义，以学术研究为主要任务之学生也。学位论文则是研究生教育中的主要工作之一，其质量之优劣是衡量研究生学术水平高下的主要标志。因是之故，每一个研究生都应该花大力气经营好自己的学位论文。

但是，在当代研究生中却有人对学位论文漠不关心、敷衍塞责，甚至弄虚作假，以图混取文凭。他们的学位论文或选题陈旧、了无新意，或框架不正、思路不清，或资料不专、满足于"大道之货"，或者材料堆砌、缺乏理论分析。凡此种种，皆为社会浮华气息与投机心理在学术研究中之表现。欲矫正此类弊端，余以为宜倡导"功夫"与"灵感"并重，使之相得益彰也。

所谓功夫，即在学术研究中痛下苦功。痛下苦功，首先必须做到"身到、力到、心到"，即保障时间、金钱、精力和心力的充分投入。只有全身心投入，才能真正进入学术研究的状态。其次要求广泛搜集大量的第一手资料，真正做到"上穷碧落下黄泉"，钻天入地找材料。只有掌握了大量的第一手资料，才能对所研究的问题了如指掌，成竹在胸。痛下苦功还要求对所研究的问题"大胆假设，小心求证"，真正做到"胆大包天，心细如丝"。只有这样，才能广辟途径，审慎选择，找到解决问题的途径和方法。

痛下苦功必有灵感。所谓灵感，是指研究者对所研究的问题的突发性的顿悟和理解。在灵感的引导下，研究者能够豁然开朗，浮想联翩，妙思纷呈，佳作迭出。现代科学认为，灵感可能是阈下意识中神经细胞某种联系突然导通所产生的一种结果。表象材料经过主体知觉、感受、储存、孕育之后，往往能够打破主体原有素材的联系方式，产生崭新的艺术构思和艺术形象。正如刘勰《文心雕龙》所云，"凡操千曲而后晓声，观千剑而后识器；故圆照之象，务先博观。阅乔岳以形培塿，酌沧波以喻畎浍，无私于轻重，不偏于憎爱，然后能平理若衡，照辞如镜矣"。由此可见，灵感来自于苦功，痛下苦功必有灵感。在痛下苦功的基础上产生灵感，在灵感的引导下痛下苦功。功夫与灵感相伴而生，相应而成，相得益彰。其情其景，洁净精微，妙不可言。然如鱼饮水，冷暖自知。躬耕之人，自得其乐，不可为外人道也。

任何人皆有治学之潜质，皆可做学问。治学之道，"功夫"与"灵感"兼具。只下功夫，没有灵感，谓之"学而不思"，则罔矣。只有灵感，不下功夫，谓之"思而不学"，则殆矣。既下功夫，又有灵感，"功夫""灵感"兼具，谓之"学而思，思而学"，则优矣。"功夫"与"灵感"之间，谓之身到、力到、心到，谓之求善、求美、求全，谓之困顿，谓之顿悟。经此种种阶段，灵感生焉，成效著矣。

（原载《兴稼细雨》，暨南大学出版社 2012 年版）

"顿悟"之法与"发覆"之功

中国学术崇尚勤奋和悟性。欲达此种境界，"顿悟"之法与"发覆"之功，不可或缺。

"顿悟"之法由南宋大学者朱熹归纳得出。朱子阅读广泛，见解深邃，治学勤勉，著述宏富。某日，他写信予其友生蔡元定，谈及治学心得，喜悦之情溢于言表，云："今日因思此义，偶得一法，名曰顿悟之法。大抵思索义理到纷乱窒塞处，须是一切扫除，方教胸中空荡荡地了却，举起一看，便自觉得有下落处。今日方真实验得如此，非虚语也。"顿悟之生，乃平时冥思苦想之积累。大抵每于一事一理，遭遇百思不解之际，不妨暂时搁置，移情别思。假以时日，或因机缘巧合而触类旁通，或因灵感昭示而豁然开朗。值此之际，纷繁复杂之疑难涣然冰释，瑰丽缤纷之思想火花竞相绽放。此乃创造性思维遵循之法则，亦为创新型成果产生之途径。

能够心领神会此种妙境者，自非文公朱子及其挚友蔡元定莫属。朱熹《云谷记》载：云谷山中有晦庵，"地高气寒，又多烈风，飞云所霑，器用衣巾皆湿如沐，非志完神王，气盛而骨强者，不敢久居。其四面而登，皆缘崖壁，援萝葛，崎岖数里，非雅意林泉、不惮劳苦者，则亦不能至也。自予家西南来，犹八十余里，以故它（他）人绝不能来，而予亦岁不过一再至。独友人蔡季通家山北二十余里，得数往来其间，自始营葺，迄今有成，皆其力也。"又据清人王懋竑《朱子年谱考异》记载，乾道八年（1172）"向到云谷，自下上山，半途大雨，通身皆湿。得到地头，因思著天地之塞吾其体，天地之帅吾其性。时季通及某人同在那里，某因各人解此两句，自亦做两句解，后来看也自说得著，所以迤逦便作《西铭》等解。"张子《西铭》由是以解，一时传为佳话。

"发覆"之功乃当代学术大家陈寅恪先生所倡明。先生秉性高洁，学贯中西，慧眼独具，每于平凡细微之处，辄发惊世骇俗之论。谈到治学方法，他主张"发覆"之功。"发"者，发掘、发现之谓也；"覆"者，覆盖、遮盖之谓也。故所谓"发覆"之功，乃发微探幽、去伪存真、由此及彼、由表及里，还原事物真相，直指事物本质之研究方法也。此种方法之运用，陈氏最为娴熟，兹举一例以为明鉴。陈氏《读＜莺莺传＞》论及张生于莺莺"始乱终弃"的社会根源，有如下精彩之论述，充分展示了"发覆"之功的迷人风采。

陈氏有云：综观史乘，凡士大夫阶级之转移升降，往往与道德标准及社会习俗之变迁有关。当其新旧蜕嬗之际，常呈一纷纭综错之形态，即新道德标准与旧道德标准，新社会风习与旧社会风习并存杂用。各是其是，而互非其非也。斯诚亦事实之无可如何者。虽然，值此道德标准及社会风习纷乱变易之时，此转移升降之士大夫阶级之人，有贤与不肖、拙巧之别。而其贤者拙者，常感受苦痛，终于消灭而后已。其不肖者巧者，则多享受欢乐，往往富贵荣显，身泰名遂。其故何也？由于善利用或不善利用此两种以上不同之标准及习俗，以应付此环境而已。譬如市肆之中，新旧不同之度量衡并存杂用，则巧诈不肖之徒，以长大重之度量衡购入，而以短小轻之度量衡售出。其贤而拙者之所为与之相反。于是两者之得失成败，即决定于是矣。

幽深若涧，激越如电。仅此数言，先生不朽！

（原载《广州日报》2007 年 5 月 22 日）

岂可因人废其字

　　巴蜀名士田家英，性喜书法，酷爱收藏。其为书也，崇尚颜氏之法帖，盖景仰琅琊鲁公之忠烈也。其所收藏，以"小莽苍苍"而名斋，或欲效法浏阳谭氏之高节耶。古人云：物以类聚、人以群分，惺惺相惜者，此之谓也哉？然书法者艺术也，节操者品性也。书艺与人品或有相通、相交、相似处，但二者毕竟不同，焉能混为一谈？若肆以人品评价书艺，或以书艺揣测人品，则无异于术士相面，信口雌黄，未有不陷于荒谬者也。

　　明代书画大家董其昌，年轻气盛，自负高蹈，讥讽赵孟頫"失节于元"。由此牵连到其书法，说他的字笔力软弱，体态媚俗，"不入晋唐门室"。及其暮年，见多识广，功夫精深，董氏愧疚于心，自叹逊吴兴远矣。赵孟頫为宋太祖十二世孙，宋亡事元，官至二品。从民族气节大义的角度而言，其操守似有亏欠。但宋廷腐败百年，自蹈覆辙，与百姓小民何涉？赵氏闲居乡间，埋首书艺，精通各体，尤以行楷见长。其字也，结构严谨，风骨劲健，形态俊美，灵光秀逸，珠圆玉润，堪称中国书法史上之高峰。仅此而论，赵氏实无愧为中国文化之巨人，几百年间，鲜有出其右者。

　　由此可见，人品高洁之士并非尽属艺术天才，节操含垢之辈不乏资质卓越之人。吾人于此，本应实事求是，分别对待：是其所是；非其所非；是非纠葛者，则兼其是非而是非。奈何现实生活之中，人们往往惑于私利和情欲而流于偏见，因人废言、因人废事、因人废字、因人废歌者大有人在。戴季陶天资聪颖，早年思想激进，宣扬社会主义不遗余力，因其中途拥蒋反共，后世无以传其言。林彪元帅一代军神，挥师神州南北，创建人民政权居功至伟，因其晚节误入歧途，至今难以立其事。康生者流一介书生，平生亦有雅趣，书法收藏皆可名家，因其秉性阴鸷回邪，众人鲜能窥其室。凡此种种，以政治定优劣，依人品标高低，意气用事，激愤偏颇，至为明显。

　　与此相反，因人立言、因人立事、因人立字、因人立歌者，亦不乏其人。有些话，明明空洞老套，平淡无奇，因其言语者官高爵显，于是乎，赞美之、吹捧之、宣扬之，众口嚣嚣，不亦乐乎。有些事，明明急功近利，劳民伤财，因其主导者财大气粗，于是乎，附和之、贯彻之、力行之，济济攀附，不遗余力。有些字，明明花拳绣腿，漫无章法，因其书写者位高权重，于是乎，索求之、展示之、标榜之，洋洋得意，飘浮云端。有些歌，明明词曲平庸，音韵浅薄，因其演唱者依托权贵，于是乎，追捧之、厚酬之、张扬之，星光熠熠，名利双收。凡此种种，与钱权相依违，以利害定取舍，奔竞射利，蒙昧天良，昭然若揭。

老子有言：天道无私，故不可得而亲，不可得而疏，不可得而利，不可得而害，不可得而贵，不可得而贱。因是之故，其言、其事、其字、其声当立者，虽废，终当立也；其不当立者，虽立，终当废也。

（原载《广州日报》2008 年 1 月 4 日）

周正俊朗书之魂

兴稼学书，且临且悟，略具形神。各家之中，由欧而赵，循赵返王，乃窥其周正圆润、秀外慧中之精妙。继之顺流而下，于虞、褚、钟、姜、文、董等唐宋元明各大家，皆登堂入室，探其奥妙。久之，内子戏言："随性所欲、泛滥无羁如此，宁望有所成耶？"平常未暇所思，一时为之语塞，耿耿于怀者久矣。忽一日，偶有所悟，疑虑涣然冰释。所悟者何？曰：周正俊朗，书之魂也。辄记如下，以待博雅君子之一笑。

夫字者，千古风流，各竞其秀，异彩纷呈。其中虽有千变万化，而千变万化者未尝离其宗耳。此其所谓宗也者，法天地之周正与效人文之俊朗者是也。盖文书之创，始于图画。图画之兴，源于自然。"古者庖牺氏之王天下也，仰则观象于天，俯则观法于地，视鸟兽之文，与地之宜，近取诸身，远取诸物，于是始作《易》八卦，以垂宪象。"书文既然肇始于自然，理应效法自然。自然既立，阴阳生焉。阴阳既生，万物出焉。万物既出，形势成矣。有无之相生，长短之相较，高下之相倾，前后之相随，左右之相应，曲直之相倚，强弱之相扶，正反之相合，虚实之相形，于是天地之周正备矣。故书法者，应一以天地周正为依归也。

书法之周正，由微观而宏观，大致包含下列五义：其一，点画之间须横平竖直，点钩撇捺，各显真态，不可拘泥做作，率性张扬；其二，偏旁部首之间须恰当匀称，不能喧宾夺主，长短失度，轻重失衡；其三，内外结合须虚实相间，不能厚此薄彼，黑白颠倒，六亲不认；其四，一字之整体须周正协调，上承下覆，左右映带，藏头护尾，肥瘦适中，不能鼻歪眼斜，缺脚少腿，东倒西歪；其五，一篇之间，格调须协调统一，点画字行相互管束，不可顾此失彼，参差不齐。为书如此，必然结体严谨而周正，神韵充沛而飞扬。反之，若失之周正，虽花样百出、龙飞凤舞，亦终将无以立足于天地而传之于久远。

书法既效法天地之周正，亦取诸人文之俊朗。人之造书也，远取诸物，近取诸身。远取诸物者，天地之周正内化于人心也。近取诸身者，人文之俊朗外形于笔墨也。概而言之，远取诸物盖谓书法之结体也，近取诸身盖谓书法之用笔也。宋人姜夔有言："魏晋书法之高，良由各尽字之真态。"所谓"字之真态"者，盖书与人相类相通相应之妙境也。大凡人之手足眉目之属，喜怒哀乐之情，书亦无所不备。点画者，字之眉目也，眉清目秀，向背异形，顾盼乃能生情；横竖者，字之躯干也，修短合度，肥瘦适宜，匀称即显风仪；撇捺者，字之手足也，手舞足蹈，收放自如，翩跹方为优雅。至于草书之体，如人坐卧行立、揖逊忿争、乘舟跃马、歌舞娱乐，一切动静之态，绝非偶然，实乃近取诸身之明证。更为有趣者，花有花瓣、花蕊与花骨，人有四肢、五脏与关节，字有笔画、部首与结点。盖花骨为花之依托，关节为身之支撑，结点为字之关键。人物同构，堪称灵秀。人文相通，可谓俊朗。倘若偏离灵秀与俊朗，则人为丑陋，书显逼窄，终难愉己悦人。人与物相类、书与人相通，一至如此，岂不妙哉?!学书之人，于此理应深省而细察之。

　　法天地之周正，效人文之俊朗。学书之际，偶感及此，豁然开朗。时在戊子初冬十月二十六日。斯时也，丽日在天，和风拂地，温暖如春。意欣然也，笔信由之。

（原载《茂名日报》2009 年 1 月 21 日）

变乱悟书道

兴稼学书，数年一日，乐此不疲。每有所感，辄发谬论。谬论者何？曰无师自通，曰心中无圣人，曰变乱悟书道也。此类谬论一出，往往附和者寡而驳诘者众。于是，自觉有辩解之必要。

学书必有所本，有所师，然尽信本尽信师，则不如无本无师。其实，学书之事，全在兴趣、功夫与悟性。兴趣盎然，自可搜罗名帖，辨其优劣，勤加临摹。如此反复，法帖习于手目，名师出自心中。若了无兴趣，即使拜师学艺、入班进科，亦只能亦步亦趋，食古不化，自求创新必定枉然。倘若师道尊严流于拜师纳徒，自立门户，故步自封，此类师门陋习，又何必承袭。况且，当今之世，办班创收流行泛滥，此类师道庸俗低劣，又何必趋之若鹜。故所谓无师自通者，并非不尊师道，而是强调自我兴趣，刻苦自砺，并且反对师道尊严中的古典形式主义与现代庸俗主义。

历代书法名家，若王若欧，若颜若柳，若米若蔡，若赵若文，无论遒劲妍美，无不各具特色，精美绝伦，足可为百世之师。然而，反复临摹之下，细微推究之际，不难发现，即使名师大家之作亦难免白璧微瑕之叹。此类现象之发生，固然有临摹者观感不同之原因，更是由于书写者随意发挥之结果。有道是，世界上没有相同的两片树叶。同理，任何书家也不可能书写出完全相同的两种字体。于是，相互比较之下，遂有高下优劣之别。唐人张怀瓘有言："诸子于草，各有性识，精魄超然，神采射人。逸少则格律非高，功夫又少，虽圆丰妍美，乃乏神气。无戈戟铦锐可畏，无物象生动可奇。是以劣于诸子。"张氏之言或失之于偏颇，然亦可自成一家。依此而论，即使伟大如一代书圣王羲之者尚且如此，其他书家孰能尽善尽美？由此可见，所谓心中无圣人，并非狂妄自大，目空古今，而是强调既尊圣贤之道，又不妄自菲薄。如此学书，有所继承，有所变通，有所创新，岂不妙哉。

大凡善学书者必先本于一帖，反复临摹，待其初具气象，然后寻根溯源，转益他师。如此反复比较，同中求异，异中求同，同异杂呈，变乱之中，书道自见。书道之要，首在平正之中见险奇。点画之内，起笔之时欹侧虚实谓之险奇，收笔之处顿挫圆润谓之平正。一字之中，点画起落须险奇，整体构架须平正。一篇之中，一笔一字须险奇，整体气韵须平正。以点画之险奇求一字之平正，以一字之险奇求通篇之平正。如此，寓险奇于平正之中，方显出书道遒劲秀雅之风范。书道之要，次在收放自如。细察书圣之道，放中有收，收中有放，放收兼顾，纯出天然。放之中，千帆竞发，万马奔腾；收之时，危崖耸立，江海安澜。于是，收放相宜，遒媚一体，天衣无缝，俊美之佳书成矣。书道之要，尤在变乱出新。学书之初必先专攻一帖，待其气象已成，则可博采众长，相互借鉴，有所变通。变通之道，或以王救王，以赵救赵，或以王救赵，以赵救王，或以王、欧、虞、褚、沈、钟、颜、柳、赵、文诸家互救之。依愚之见，以小楷而言，王字周正，赵字秀美，文字劲锐，至于沈字则寓劲险于丰润之中。倘若能博采众家之长，以其冶于一炉，必然辉煌灿烂，蔚为壮观。此类佳境，岂可得乎？吾不得而知，唯利钝不计，戮力践行。

　　行文至此，诗兴益然，吟成一首，摘抄于后，以就同好。诗曰：书楷平正实险奇，点画篇章布玄机。笔欲右行先左向，墨须上挑后下移。弯弓盘马列阵势，曼舞轻歌展红旗。胸怀海岳生变乱，遒媚收放总相宜。

（原载《东江时报》2009 年 9 月 13 日）

书翰淋漓在此间

己丑之冬十一月二十七日，雨暴风寒。往陈初生教授处请益书法。先生热情迎迓，详加圈点，品其优劣，并示以"所临笔力强，而结体未达"数语。由是，吾勤练而深思之，于字之结体者似有所悟。所谓字之结体者盖有四义：一曰，字之整体须周正；二曰，各偏旁部首须协调并相互呼应；三曰，一字之内外空间之虚实须均匀饱满；四曰，整篇作品之谋篇布局须整齐划一，法度森严。由此可见，书法之结体，其考究精细，学书之人不可不深察也。

时隔半载，酷暑难当，汗流浃背，再往陈初生教授处请教书法。先生示以"点"画之法，云：书法之事唯"点"画最要最难。所谓最要者，即凡点、横、竖、撇、捺之笔画皆由点画而生发，起笔得法，则运笔得其要领也。于是，笔笔有点，字字有点，有点方有力度，有点方有气势。掌握"点"画之法，实乃学书要妙之一。所谓最难者，即"点"之书写变化多端，难以精准掌握。点有侧点、长点、横点之分，而侧点又有左侧点与右侧点之别。左侧点可变为横点与挑点，右侧点可化为长点与竖点。点画虽如此之难，然细心体会，或可窥其奥妙也。奥妙者何？先生曰点画之奥妙有三：一曰平心静气，心无杂念，下笔自然；二曰几乎原地即收，切忌刻意求尖或拖长；三曰收笔回锋自然，意到即可。如此用心体会，自然而不做作，精妙之点画跃然而出也。

庚寅中秋佳节，又访陈初生教授，汇报临帖之心得。先生示之者三：一曰勿甩笔，二曰按提顿转到位，三曰习《颜勤礼碑》。吾默而识之，退而习之。颜字气象开阔，结体周正，笔力强健，气韵生动，大气磅礴。临习之下，意越千秋，神交古人，顿悟自生，三者通焉。所谓甩笔者，撇捺竖钩之类随意率性而为之谓也。学书之时，一字之始往往全神贯注，笔画精彩，而后率性而为，一甩了之。结果形神尽失，功败垂成。欲矫此弊，舍习颜帖无由。盖以其架构之周正大方、气势之开阔从容，神韵之充沛悠长。以此用之于撇捺竖钩之间，自然境界开阔、意气充盈，运笔圆润，从容不迫，甩笔之弊随之而除。至于按提顿转，主要针对"横"画之书写要领而言。大凡一横之书写，先切入按下，随之提笔上行，继而顿笔凝注，最后回转照应。如此运笔，低开高走，错落有致，扬抑有度，变化之中显圆润，圆润之中见筋骨，前呼后拥，一气呵成。故书法之妙全在"一"画之中。有此精彩之笔，则所书之字必然神采飞扬。设若一字之中，数笔如此，甚或笔笔如此，则其妙不可言也。于是乎，执笔稳健如山，运腕灵动如水，刚柔相济，收放自如，畅快淋漓，精美书法，庶几可成。

上述云云，言已毕而意未穷。随兴所之，赋诗一首，以畅胸怀。诗曰：清秋松声泉气香，书翰淋漓在此间。意沉心底形似水，手握管毫势如山。大刀阔斧开新局，精雕细刻绘华章。按提顿转皆成趣，轻重缓急任张扬。行云流水胸中出，有无虚实近天然。珠圆玉润灵光照，金弯银钩意韵长。欲借圣贤千秋意，荡涤肺腑尘与烟。极目岭表云天外，忘却书生满头霜。

（原载《茂名日报》2010 年 11 月 18 日）

笔缘三悟

庚寅之秋十月十九日，夜深人静，奋笔学书。舔笔之际，着力过重，笔为之折，遂弃之，不以为意。就寝之后，辗转反侧，难以入眠。似睡非睡之际，隐约见一丽人飘然而至，立于床前而诉说："吾乃君之笔，偶有闪失而断折。若蒙不弃，稍加修补，尚能伴君左右以供驰驱。且君本勤俭，奈何欲效奢靡之风，弃可用之物，失清贫之本耶？为君不取也。"吾感其意，嘉其言，幡然有悟，决计修笔。次日早起，修旧如新，畅快莫名。借此佳缘，顿悟用笔之道。其道者何？要妙有三：一曰执笔如刀，二曰笔随意动，三曰观字如花。

所谓执笔如刀，乃执笔运腕之要领也。执笔为书法之始，此中深有讲究。苏东坡云："把笔无定法，要使虚而宽。"指实掌虚，执笔稳健，运笔灵巧，且能长时间保持轻松愉悦的书写状态。至于运笔，颜真卿论述最为精当："用笔如锥画沙，使其藏锋，画乃沉着。当其用笔，常欲使其透过纸背，此功成之极矣。"如锥画沙，执笔如刀之谓也。笔之于墨，如醮水磨刀，使之锋利。笔之于纸，如利刃向薪，披荆斩棘。执笔如刀，利刃在握，慎之又慎，岂可率性而为哉。书写之时，面对光洁晶莹之纸张，自然有一种畅怀欲书之激情。正如置身江岛，遇见沙平地静，令人意悦欲书。此时执笔而书，必有如印印泥，如锥画沙之感慨。赵孟頫亦云："书法以用笔为上，而结字亦须用工。盖结字因时相传，用笔千古不易。"至其如何用笔，他主张"笔在中锋"。"笔在中锋"须始终保持笔锋运行于点画中央，恰如锥之画沙，锥尖所过之处必为沙沟最深之迹。如此执笔，乃能力透纸背，入木三分，金石可镂。

所谓笔随意动，乃以意念支配运笔之道也。笔执于手，运于腕，然手腕皆受制于心。古人作书，必先静心安神，务使意在笔先，笔随意动，字居意后。依此类推，达于极致，或可谓"意动而笔不动"也。诚然，"意动而笔不动"并非绝对之言，而是指意念支配运笔，当笔画运行至关键位置或犹疑不决之时，比如顿收、转折、侧提、竖钩之处，其笔似乎可原地不动，而一任意念自动流转。当此之际，笔画似乎不动，仅有意念在笔端流注运转，或停顿，或圆转，或侧靠，或舔贴，或轻提，或斜钩，或反捺，或回锋。凡此种种，皆不显山露水，意具而形不出，翰墨止而意未穷。此可谓天衣无缝，神来之笔也。

所谓"观字如花"，乃构字结体之要妙也。花为草木之精华，表面而观，花团锦簇，灿若云霞。仔细观察，花自有其精妙之结构。大体而言，花有花瓣、花蕊、花萼与花骨之分。花瓣、花蕊、花萼者，花之外形与风采也。其形婀娜多姿，其色绚丽多彩，其香芬芳扑鼻，人皆欣赏赞誉而不吝其辞。花骨者，花之内核与骨架也。其状紧凑坚劲，气凝神聚，非有心之人难以窥其真容。赏花如此，观字亦然。字之外形也，端庄秀丽，光鲜圆润，风姿绰约，世人皆乐观而喜爱之。至其精气之所凝聚，神采之所辐射，要妙之所生发，非书家未可轻易窥睹。因是之故，学书之人每至繁复与关键之处，务必凝神静气，精心为之。凡此关键之处，宜焦点聚集，结构坚劲，精气内敛，如猛虎在山，重拳在握，虽含千钧之力而未敢轻易挥发。此何故？曰：此乃盖字之花骨者也。

修笔结缘，有此三悟，自奋益勤。或曰：人一能之己十之，人十能之己百之，人百能之己千之。如此，千千万万，万万千千，时日相忘，功利不计，苦乐不较，悠游其中，自然有所感悟，水到渠成，未有不成功者也。正可谓：寂寞寒窗书小楷，何愁天下不识君。

（原载《茂名日报》2011 年 7 月 16 日）

弧行天下

壬辰之夏五月十七日，酷暑，顺道往暨南大学科学馆艺术展览中心向谢光辉先生请教书艺。吾以近日感悟所得"弧行天下"四字出之，先生笑而首肯，愿闻其详。

"弧行天下"者何谓也？曰执笔运腕之要诀也。余观乎，外部客观世界纷繁复杂，然而人表现对外部客观世界之观感，仅用直线与弧线即可描绘殆尽。此种情形，无论书法、绘画、雕塑、建筑，乃至音乐，概莫能外。此何故？曰世间线条仅直线与弧线而已。直线者，八卦中阳爻之谓也。弧线者，八卦中阴爻之谓也。具体到书法而言，直线者大致为横、竖、曲、折之类，弧线者或许为撇、捺、点、弯之属。然而，直中有弧，弧中有直，弧多直少，直皆为弧。如此而言，弧行天下可以言之成理也。颜真卿论书有云，学书之妙，"妙在执笔，令其圆畅，勿使拘挛"。为书之时，心中常存弧行之念，手腕常成弧行之势，笔端常含弧行之意，笔画常现弧行之态。书法之事若依此而行，则其字必然古朴厚重、浑然天成、飘逸秀美、各形生态，法度森严。

然则，"弧行天下"者之所何出耶？曰：勤学、苦练、精思致之也。吾辈学书有年，尚能谨遵师训。陈初生教授曾耳提面命，学书之事，宜守"奴隶主义"之立场，与本乎"唱好一首歌"之态度。所谓"奴隶主义"之立场，即学书之人应老老实实临摹法帖，痛下苦功。倘若不守此训，自以为是，率性而为，我行我素，必定漫无章法。长此以往，即使为书千万遍，终难窥其书艺之门。学书必须临帖，然历代名帖甚多，个人爱好亦不同。初学之人，容易目迷五色，难于取舍。若见美即爱，逢帖便临，随心所欲，亦难有所成就。因此，学书之人应本于一帖，心无旁骛，反复临摹，精益求精。此乃"唱好一首歌"之态度也。

本于一帖，反复临摹，反复观察，反复比较，反复思考，必定有所归纳、有所联想、有所发现、有所进步、有所创造。若夫余所本之贴，小楷为唐人沈弘所书《阿毗昙毗婆沙智挞度修智品》，大楷则为颜真卿撰书之《颜勤礼碑》。此两者均周正圆润，笔势雄奇，光彩射人，吾饱爱之。吾于

《唐人写经》，反复临摹之下，尚能窥其奥妙，略具形神，亦获师友好评。然于颜氏之碑，虽眼能观其妙，而手不能尽其巧，笔不能达其意。于是，困顿惶惑之中，常存比较思索之念。思索既久，颜字精妙之处常能豁然跳跃，自我呈现，予人以鲜明之启示。启示者何？曰顶天立地，曰厅堂宏阔，曰上紧下松，曰大气磅礴，曰如锥画沙，曰观字如花，曰弧行天下是也。

孔子曰："学而不思则罔，思而不学则殆。"治学如此，学书亦然。是以，善学书者必能学而思、思而学也。然则，思从何而始耶？曰：从自身之实践始，从内外之比较始，从自身之教训始，从迷茫困顿始。唯其如此，方能学而有所思，思而有所得，得而有所成。依此而言，失败为成功之母，真乃金玉良言也。

（原载《茂名日报》2012 年 7 月 23 日）

回首望故乡

万里长江出三峡，过宜昌，进入一马平川的江汉平原。荆州以下，江北是湖北省监利县，江南是湖南省华容县和岳阳县。我的家乡——岳阳县黄金乡书稼冲，就位于这两省三县的交界处，那里是著名的鱼米之乡。

儿时的梦呵，从这里开始。人生的旅途，从这里起航。高高的升级山是我和小伙伴放牛砍柴的地方。站在山顶，放眼望去，村舍星罗棋布，田野绿茵铺展，长江如彩练飘舞而过，白云在蓝天上舒卷变幻，一幅幅绚丽多姿的图画在白云蓝天间轮番上演。然而，生长于斯的我，当时并没有体会到家乡的美好。相反，苦难的岁月却在脑海中留下了深深的印痕。

一九五八年以后，农村办集体食堂，实行"十三集中"。究竟哪十三集中，至今未能详尽考证，反正小孩子是被"集中"起来了的。附近十几个村庄的小孩子集中在一起，约数百人。开始的时候还有饭吃，后来每天只能吃少量稀粥。每个小孩饿得皮包骨，头大腿细，活像一群小木偶。饿得发慌的时候，就满地找东西吃。印象最深的是挖桃核吃。别人吃过的桃核，埋在地下一年或两年，桃仁已经腐烂变质，但仍可以用来充饥。记得第一次照相，大约是在一九六三年春夏之际。虽然生活清苦，但父母和兄弟姐妹欢聚一堂，仍然其乐融融。这是一张真正的也是唯一的全家福。自那以后，母亲不幸辞世，由父亲拉扯我们兄弟姐妹六人艰难度日。

弯弯的山村小路连接着家和学校，读书的快乐使我未曾感受到生活的艰辛。乡间小路的延伸，把我从小学送进了初中和高中。家乡的朝雾晚霞、同伴的欢乐声、长辈的怜爱与师友的关怀，每每回想起来，都不禁沉浸于记忆的深海中。

一九七四年，我高中毕业回乡务农之时，正是"文化大革命""全面专政"疯狂最盛的年代。阶级斗争的狂风暴雨也毫无例外地扫荡着这个偏僻的小山村。在村里，蔡为大姓，另有邓、李、贺三户小姓。本来，父辈们和睦相处，亲密无间。待到"文革"之时，李姓仔某担任大队党支部书记，这种关系遂遭破坏。李某原本腼腆而好学，但在时风熏染之下，他逐渐变得好逸恶劳、刚愎自用、专横跋扈。为向上级邀功请赏，乡亲们便成了他批判斗争的对象。父亲蒙冤，被错划为"二十一种人"，即由他一手构陷而成。所谓"二十一种人"，是指包括地主、富农、反革命分子、坏分子、右派分子、叛徒、特务、内奸、工贼、知识分子臭老九等在内的需要内部监控与专政的人员。其空洞、宽泛与严酷若此，必定上下生心，左右侧目，人人自危。

一九七六年九月九日，毛泽东逝世，"四人帮"垮台。国家进入历史新时期，个人命运随之发生根本变化。恰在此时，趁李某外出之机，大队会计为我办理了迁居华容县三封公社的证明。我在那里任民办教师，直到一九七八年参加高考，进入湘潭大学读书。然而，此其时也，"文革"已去，"左祸"尤炽。李某回来后大发雷霆，立即停发我全家的口粮。可怜的父亲为了全家的生计而东借西讨，受尽屈辱。这样拖了一年多，在公社党委书记多次责令下，李某才发放口粮。这一切，父亲当时并没有告诉我。多年以后，我回家探亲，才知道详情。时至今日，每念及此，仍然深引自责，痛心疾首。总之，一九七六年，当我离开家乡的时候，家乡的山是秃的，水是浑的，人是穷的。

路越走越远，书越读越多，城越进越大。远离了农耕，远离了乡村，远离了亲人。斗转星移，物是人非，但家乡的山水始终在我心头萦绕，父老乡亲的音容时常在我心中浮现。故乡呵，那里有我童年的梦，那里有我生命的根。千里回首望故乡，故乡永在我心中。

（原载《汕尾日报》2008 年 9 月 4 日）

祭父文

千禧龙年，早春二月，吾在广州。卧云山之松柏，闻珠水之波涛，观宇宙之无限，叹人生之短暂。由是思念慈父，悲从中来，夜不能寐。东方既白，乃援笔作文以祭吾父。其辞曰：

家父蔡姓讳荣卓，字芳璧，南宋著名理学家西山先生元定公第二十五代裔孙，湖南省岳阳县黄金乡书稼冲人。生于公元一九一五年冬十二月二十九日，卒于公元一九八三年秋十月十七日，享年六十有九。生年未久，寄托外家，全赖外祖抚养成立。盖先人惜钱，幼未及学。稍长，刻苦自学，精通文墨。诗文书画，算术堪舆，乃至音律乐艺，均所擅长。抗战爆发，强征入伍，赴长沙、韶关、杭州、九江等地，抵御日寇。旋返家乡，参加新四军，任文书之职。战后复员，开堂讲学，教授生徒，以华容注兹口最为胜意。娶妻许氏讳梅香，生育子女七人。长女铭兰、长子铭耀、次女兰芝（早夭）、次子铭泽、三子铭让、三女泉兰、四子铭成。解放初期，参加乡政工作。惜累于家务，中途而返。中年丧妻，子女待哺，遭遇"文革"。著诗文《痛妻纪念》，为乡竖毁累，受尽折磨。幸赖邓公，拨乱反正，苦尽甘来。及子女长成，心胸畅朗，吾父垂也，至于不治。未能享成，惜乎哀哉。撰文立碑，永志哀思。碑立岳阳县黄金乡书稼冲芳台湾凤凰山头家父之墓前。

（原载《广州日报》2007 年 5 月 15 日）

建阳千秋梦

公元二〇〇四年二月，春节已过，寒假尚宽。幽居思动，遂成福建之游。闽越古国，东临瀚海，三面背山，四塞之地也。此前未能涉足，盖因交通不便。而今，广州至福州及武夷山航班开通，闽粤之间，天堑通途，展翼而至，谈笑之间耳。与妻女戏言，此次游历，目的有三：曰游山玩水，曰探亲访友，曰寻根问祖。

游山玩水，武夷览胜之谓也。探亲访友，探访福州年迈之姑父姑母谢旭华、李惠老先生及其子女诸表兄弟姊妹之谓也。至于寻根问祖，则说来话长，别有因由。

话说南宋庆元元年（1195），京城杭州发生了一场宫廷斗争。这一年，右丞相赵汝愚遭权臣韩侂胄排斥，罢相出朝，外贬永州，次年客死贬途。当世名儒，焕章阁待制兼侍讲朱熹党于丞相且讽谏皇帝，也受权臣丑诋而罢官。由是，定朱熹为"妖人"，斥道学为"伪学"，籍正人君子为"党人"，严加压制。是谓"庆元党禁"。

这场宫廷斗争波及千里之外的福建路建宁府建阳县，吾先祖西山先生元定公，以平民处士入籍，编管道州。庆元二年（1196）二月，州县逮捕，急于星火。朱熹率徒数百，集会城外寒泉寺，送别师友。坐客兴叹，至有泣数行下者。西山先生不异平时，且赋诗壮别诸师友，诗曰："天道故冥漠，世路尤崄巇。吾生本自浮，与物多瑕疵。此去知何事？死生不可期。执手笑相别，无为儿女悲。轻醇壮行色，扶摇动征衣。断不负所学，此心天所知。"而后就道，杖履同其子著名学者蔡沉步行三千里，脚为之流血，至于舂陵。越二年，病逝于贬所。

西山先生无辜受贬，谪居道州，客逝他乡，无疑为个人一时之悲剧。然西山先生与其子蔡沉轩临道州，上承濂溪周公理学之余绪，下启湖湘仕人蔚起之文脉，功德至伟而善莫大焉。此乃偶然中之必然，悲剧中之喜剧也。从此，蔡氏后裔繁衍于潇湘荆楚之间而报效邦国，思闽千年而志未酬也。

武夷之巅，九曲之滨，多有西山先生及其子蔡沉与理学大师朱熹讲学论道之所，众多摩崖石刻至今仍依稀可鉴。游武夷而思建阳，观山水而慕先贤，心胸别样畅快。二月十九日，送别妻女返穗，独自逗留，专为建阳之行。

建阳县城在武夷山之南约七十里，素有"南闽阙里，理学渊薮"之美誉。南宋一朝，此处除孕育了理学集大成者朱熹外，还有了著名理学家游酢、刘勉之、刘爚、黄干、熊禾等。至于被誉为"紫阳羽翼，闽学干城"的蔡元定及其子蔡渊、蔡沉兄弟，更是出自建阳名门望族。宋元以降，此地书院棋布，书坊林立，教育文化事业极为发达。宋明时期大量文史哲名著，如宋慈所著《洗冤集录》和施耐庵所著《水浒传》等均由建阳书坊先行印制，然后风行天下。抗日战争时期，国立暨南大学曾在此办学，为国家培育了大批英才。

汽车在晨雾中穿行，巍巍青山迎来送往，崇阳溪水淡淡生烟。空气清新，沁人心脾。自武夷山南行，一路赏心悦目，神清气爽，安逸畅快。不知不觉之中，一小时车程过去了，如诗如画、古朴淡雅的建阳城呈现在眼前。啊，建阳，我的远祖之邦！啊，建阳，令人魂牵梦萦的地方！我终于来到了你的身旁，投入了你的怀抱。

既为祖邦，必有亲人。亲为何人，人在何方，茫然无向。稍事早餐，径直来到县政府大院。首先接待我的是县旅游局的工作人员，他们向我介绍了建阳县的历史、地理和文化古迹，其中特别提到了蔡元定和西山陵园。之后，他们特地电召建阳蔡氏宗亲会副会长兼秘书长蔡明先生为我导游。蔡明先生，四十岁上下，精明亲和，看来在当地极有人缘。得知我的来意，他极表热情，认为归宗之游子。

据蔡明先生介绍，建阳县城并非蔡氏祖居之地。建阳蔡氏开基之地，乃县城之西约六十里的麻沙镇。唐末天下大乱，河南光州固始人凤翔节度使蔡炉率所部五十三姓转战数千里，南下闽越，家于麻沙。于是，我们租车，沿建（阳）邵（武）公路，前往麻沙镇。晨雾悄然隐退，朝阳冉冉升起。乡间公路宛如轻盈的飘带，舒展于田头山间。

汽车轻快行驶，一座小山迎面而来。山上竖立着一块白底红字标牌，"西山陵园——蔡元定之墓"几个大字十分醒目。汽车离开大道循小路行驶数里，便来到了西山陵园所在地建阳市莒口镇上布村。我们下车，又步行穿过小村庄，沿着一条清澈而欢快的小溪流，拾级而上，抵达陵园。陵园坐落于上布村翠岚山之源，据说此乃西山公生前自卜寿寝之地。放眼望去，但见高耸入云的武夷山主峰黄冈山逶迤而下，自北向南，至于西山。西山如巨龙奔腾数十里，至此成双蚌合抱之势，护卫陵寝。又有麻阳溪水自西向东，抱陵环绕，川流不息。陵园占地约三千平方米，属建阳市重点文物保护单位。园内牌坊高大，松柏苍翠，静谧肃穆。由卵石砌成的墓茔呈半球体状，墓碑"宋太子太傅蔡元定公之墓"字迹古朴浑厚。墓旁置西山公亭，供游人瞻仰凭吊。亭内石刻包括西山公生平事迹，西山公遗训——"独行不愧影，独寝不愧衾"，朱熹与文天祥的祭文，南宋理宗皇帝所赠"太子太傅谥文节"的褒词，以及清圣祖康熙皇帝御书"紫阳羽翼，闽学干城"之匾词等。亭侧有古井一方，据蔡明先生介绍，井中清泉甘甜可口，饮之，可以止渴祛病免灾。奈何，正值枯水季节，泉踪难觅。好在山下溪水淙淙，清澈诱人，掬而饮之，甘甜爽口，心胸畅快。

揖别陵园，继续前行，麻沙在望。下车伊始，走马观花。但见，碧野穷处三山现，波光粼粼一水流，屋宇连绵生齿众，百业兴旺呈安详。遥想炉公当年，以此立基创业，繁衍子孙，可谓思虑周全，目光远大。蔡氏聚居于此，和百姓而尽地利，设书院而兴教化，置书坊而连天下，究物理而演天道，终于成就了麻沙千年名镇的辉煌。据明嘉靖《建阳县志》记载："书籍出麻沙、崇化两坊，昔号图书之府。"风雨千年已逝，名镇风采依然。

甫至麻沙，先行拜谒入闽始祖炉公之墓。墓在镇北相辞岭排山之上，分设三排九座，均用黄色卵石砌成。墓群占地约三千平方米，四周砌有护墙。墓碑"有唐长官蔡炉公之墓"，为君之十世孙南宋著名理学家蔡元定及其子蔡渊、蔡沉兄弟所立。远望群墓，犹如一尊佛像，端坐山腰，伸展巨臂，敞开胸怀，福佑来者。传说修墓之时，风水先生交代泥工匠，分九天营造九座相同的坟墓，使人难辨真假。由于蔡家招待丰盛，匠人们干劲十足，竟在四天之内将九座坟墓全部修竣。结果，南宋一朝，建阳蔡氏一门四世出九儒，成为千古佳话。蔡氏"四世九儒"者，系指蔡发、蔡元定父子及元定公之子渊、沆、沉，孙格、模、杭、权。他们父子兄弟前后相继，互为师友，师宗孔孟，护卫程朱，注经弘道，著书四十八种，西山先生元定公及其子九峰先生沉公共祀孔庙，世所罕见。民间传说难免穿凿附会，但炉公四日九重之墓与蔡氏"四世九儒"之荣，确系实情。

　　拜别祖墓，又觐宗祠。建阳蔡氏宗祠位于麻沙镇水南路八号，始建于唐朝末年，以后历代均有修葺。现有建筑系二○○三年在原址上翻修而成，占地五百五十平方米。整个建筑分前后两部分，三直入进，共十个开间，四面建有高达七米的防火墙。门首两边，分别镶嵌着南宋理宗皇帝题写的"西山""庐峰"匾额和"五经三注第，四世九儒家"的楹联。前厅为九贤堂，安置四世九儒的雕像，两边墙上分别悬挂着清圣祖康熙皇帝题写的匾额："紫阳羽翼""闽学干城""学阐图畴""家传心学"。后厅为济阳堂，安置入闽始祖炉公以下各位先祖之灵位。

　　在宗祠接待室，蔡明先生介绍了建阳蔡氏宗亲会的情况，并转达会长蔡建海先生对本人的欢迎与问候之意。为表感激之情，我捐款些许，并赋诗一首。诗曰："问祖寻根到建阳，九嶷荆楚浩气长。丹山碧水毓灵秀，赤胆忠心护紫堂。利禄功名风吹过，文章道德世传扬。先祖虽邈精神在，忠爱家国永不忘。"时过饷午，宗亲设宴款待。大家缅怀先贤，谈论风俗，毫无生分。餐后惜别，依依难舍。我怀着无比欣慰的心情，告别麻沙，告别建阳，告别远祖之邦。

　　次日凌晨，大雾茫茫，天地莫辨。七时，飞机正点起飞，冲出大雾，冲出层云，冲出云遮雾盖的武夷山。千年的思念啊，永远留在远祖的故乡。

（原载《羊城晚报》2005 年 1 月 20 日）

道县一本书

在中国版图上，湖南省位居要冲，启承南北，连接西东。山水灵秀，人文蔚起，影响中国，至深且巨。省某领导曾这样描述湖湘山水：张家界一幅画，洞庭湖一张碟，道县一本书。

张家界地貌奇特，怪石嶙峋，鬼斧神工，如诗如画，甲于天下，信然一幅画也。洞庭湖方圆八百里，衔山吞江，静则波澜不惊、渔歌互答，动则阴风怒号、浊浪排空，信然一张碟也。然则，道县何奇，能与张家界、洞庭湖媲美耶？

道县者，古称春陵、道州，山水形胜之地也。营山巍峨托九嶷，道江澄碧接潇湘。夏无酷暑，冬无严寒，风调雨顺，人间陶本，天下谷源。道县者，襟带两粤，屏蔽三湘，三省之要冲也。秦始皇帝一统中国，屯兵营道，经略岭表，归化百越，实赖道州。道县者，文教昌盛，英才辈出，理学鼻祖周敦颐之故里也。濂溪先生上承孔孟，下启程朱，千年理学肇始于此，中国历史为之丕变。道县者，山高水险，远离中枢，历代志士仁人之贬所也。唐代名士阳城、元结，北宋贤相寇准，南宋著名学者蔡元定等，均曾谪贬道州。贤相名士来居此邑，倡明教化，居功至伟。邑人敬而爱之，祭而祀之，奉若神明。道县者，古朴蛮荒，民风强悍，革命造反之策源地也。三苗之居，皇权难及，民不聊生，辄举大事，惊闻天下。集山水文化、史前文化、理学文化、贬官文化和革命文化于一体，"道县一本书"，不亦信然哉。

道县这本书，丰富多彩，熠熠生辉，不可不读，不可不游。二〇〇四年，八月流火，酷暑难当。湘南唐、兰二君邀我道县之游，遂欣然允诺，一同前往。汽车出广州，过清远，西北向道州。山如青螺叠翠，江似彩练飘舞，瑶居若繁星洒落，小水电站飞瀑溅玉。随着山势不断攀升，汽车来到南风坳——湘粤两省分界点。白云在脚下缭绕，天风自八面吹来，时令仿佛突然从酷暑盛夏进入清凉深秋。置身大山怀抱，有天宇之澄碧，无尘世之喧嚣，真乃人间仙境，此乐何极！

进入湖南，风光迥异。山势逐渐变得平坦，丘陵与平原交替呈现，偶尔有几座小山包点缀在绿色田野间。夕阳依恋苍山，把千万道霞光铺洒在湘南的原野上。汽车欢快奔驰，向着蓝山，向着宁远，向着道县，向着那夕阳西下的地方。

夕阳西沉，薄暮四合，万家灯火在山间盆地闪烁。放眼四顾，高楼林立，华灯璀璨。这便是那远古的芒荒?! 这便是那先祖曾经谪居的地方?! 这便是那蛰伏心底而又遥远的故乡?!

置身道州古城，遥想"庆元党禁"——那早已尘封的冤案，心中升起无限惆怅。南宋庆元二年（1196），先祖西山先生元定公，因籍"伪学"档案，编管道州。越二年，客逝贬所，其子——著名学者蔡沉扶柩三千里，归葬建阳。编管期间，西山先生父子授徒讲学，著书立说，穷究天理，广施教化，深受邑人敬仰。从此，蔡氏后裔繁衍潇湘，报效邦国，千载流光。潇湘之畔，九嶷之巅，曾留下哲人踟蹰的身影和思乡的嗟叹。无奈，朋友对此茫然无知，先祖遗迹无从探访。

依朋友安排，次日前往濂溪故里，探寻理学渊源。汽车西行约十公里，来到道山脚下，楼田村旁。绿色原野，一马平川；濂溪澄碧，绕村而过；道山突兀而起，豸岭、龙山东西并峙，双峰互映。百余户人家，鳞次栉比，依山而居。村东豸岭之下，濂溪祠堂之内，供奉着理学鼻祖周敦颐的画像。两厢墙壁上，镶嵌着太极图和《爱莲说》。村西龙山脚下，有古井一方，井中泉水清冷晶莹，终年不溢不涸，名曰"圣泉"。泉边众多摩崖石刻，为历代周氏子孙所留记，至今依然清晰可辨。周氏家族，兴学重教，历朝历代，英才辈出。据方家考证，近代大文豪鲁迅（周树人）和开国总理周恩来均为濂溪后裔，祖籍道州。

绕过村尾，登上龙山，山腰处有一天然洞穴，名曰"道岩"。置身洞口，凉风习习，阴森逼人。探视洞穴，漆黑无光，深邃莫测。导游开启铁门，点亮电灯，洞内顿时晶莹剔透，流光溢彩。洞穴如巨龙盘绕，始则左冲右突，横贯山体，继而腾空飞升，直插山顶。洞内悬崖峭壁，钟乳陈列，造型各异，栩栩如生。端坐者，如老僧面壁；蹲伏者，如金蟾拜月；腾跃者，如大鹏展翅；飘逸者，如仙子凌波。仿佛仙宫锦瑟，抚之如磬；璨若珠玉映辉，触之温润。秀山伴丽水，道岩育圣贤。天地神造化，匪夷何所思。

圣山道岩虽神奇，却无法免祛人间灾祸。民国三十三年秋冬，日军发动"豫湘桂战役"，道县两度陷入敌手。沦陷期间，日寇先后在道县制造了"新车村惨案""万家庄惨案""小河边惨案"以及"楼田惨案"。其中，"楼田惨案"就发生在这濂溪故里圣山道岩。那年农历十一月初三，日寇进村抢掠，村民纷纷躲进道岩。日寇发现村民藏身之所，便将柴草和辣椒堆放洞口焚烧，并用风车向洞内鼓风，结果五百多人被活活熏闷致死。现在，这里辟为爱国主义教育基地，以警示后代，永志不忘。

告别濂溪故里，继续西行十余公里，便来到了主峰海拔二千零九米的都庞岭东麓。拔地而起的群峰之中，似有一轮明月悬挂其间。这便是被徐霞客誉为"永南洞目第一"的月岩。岩在山间，自西向东，穿山而过，形成三洞，洞洞相连，各呈月形。甫至洞口，仿佛进入古城之门，苍穹半掩，新月在天。移步入洞，举目而望，天空如船，月呈上弦。人随月动，月随人移，至于洞心，终成满月。洞中含月，月因洞形，人动月移，奇妙神秘，启人遐思。据说，当年濂溪周先生就是在此面壁，体悟动静相依、盈亏嬗变、天人感应之奥妙，最终发明了太极图。

道县山水秀，招引圣贤居。圣贤居何处，春陵古道边。翌日清晨，友人陪我沿高低起伏的青石古道，寻访先贤遗迹。潇水之滨，古城墙之上，寇公楼傲然而立。寇准乃北宋名相，因奸臣构陷，于天禧四年（1020）贬道州司马。州人敬而怜之，筑斯楼以为纪念。风雨一楼千秋在，潇湘二水万古流。惜乎蓬蒿封道，锈锁把门，雕梁斑驳，游人罕至。寇公楼尚且如此，其他古迹如古城墙、文昌阁、古戏台等，更是日渐式微、衰败不堪。由此，深感地方经济乏力，文物保护任重道远。

先祖遗迹湮没，游子怅然东返。道县耆宿、政协委员何家壬老先生悉其情，惠书示我。南宋淳祐年间，州人建"蔡西山祠"于老城十字街口，以为永久纪念。此地乃今道县第一中学校门所在之处。故物虽去，遗址犹存。竖子无知，近在咫尺，失之交臂，岂不痛哉！何老先生又将清光绪年间《道县志》有关蔡西山祠资料见赠，如获至宝，终于不虚此行。惜乎，道县之游！快哉，道县之游！

道县一本书，慰我千年梦！

（原载《羊城晚报》2005 年 2 月 28 日）

难忘加州树与花

兴稼学书，醉心于中土，亦逍遥乎外邦。二〇〇九年新春之际，余偕夫人始为美国之游。此次访美，既为应邀赴俄亥俄州立阿克朗大学讲学，又为与求学于加州大学圣克鲁兹分校之爱女文逸团聚。此可谓公私兼顾，两全其美，其乐融融者也。其间，乘飞机飞越美国领空之东南西北，驱车驰骋西部大地之都市荒原。于冰雪封冻之中，感受到俄州友人之热情好客；于繁盛宏阔之处，见识了亚特兰大空港枢纽之高速有序；于古朴蛮荒之地，体验了科罗拉多大峡谷之雄浑壮丽；于茫茫戈壁之原，领略了死亡谷之静寂与拉斯维加斯之奢华。然而，最令人难以忘怀者，当属那加州小城圣克鲁兹之树与花。

美国西海岸中部，以三藩市为中心，圣佛朗西斯科海湾南北相向蜿蜒伸展，铺陈出美丽富饶的大海湾地区。此地气候温润，土壤肥沃，物产丰盈，生齿繁众，文教昌盛，高新科技引领全球。加州名城、旅游胜地圣克鲁兹坐落于大海湾地区的最南端。

小城依山面海，树木葱茏，花草繁盛，房舍典雅，恍若仙境。小城中部是一片开阔的山冈，名曰"高地"。此地也，居高而不傲群，繁华而不喧闹，青山碧海，尽收眼底。一栋栋别墅精巧雅致，如星罗棋布；一条条马路平坦整洁，如丝带飘绕；一排排红松威武夹道，苍翠的树冠直指白云蓝天；一片片花圃铺绿吐艳，依偎在房前舍后；一团团绚丽多姿的花卉笑闹于树间，含羞于草丛，跳跃于路边，怒放于春天的漫山遍野。

那状如芙蓉、挂满枝头、灿若云霞的是玉兰花。红的、白的、紫的、黄的，日与朝霞斗艳，夜与皓月争辉。亲而近之，使人愉悦，使人爱怜，使人陶醉，使人乐而忘忧。在古老的教堂周边，那成行成片、粉红泛白的是樱花。远而望之，红绡紫雾，仿佛太阳升朝霞；迫而察之，掩口含羞，恰似仙子笑春风。樱花本属日本国花，第二次世界大战后，日本政府为化敌为友赠送樱花树种于美国，美国政府在华府试种成功，逐步推广。每到春天，不仅华府成为樱花的海洋，其他地方亦能睹其芳容。那雅致素净、媚态自生的樱花自然成为和平之花、友谊之花，乃至日本商品畅销无阻的广告之花。花之魅力如此，真乃匪夷所思。那头戴凤冠、身材修长、展翅欲飞的是火烈鸟花。这种花因其寓意爱情之纯洁与忠贞，往往被人们种植于房前屋后而备受呵护。但见丛丛绿叶簇拥之中，其花茎傲然挺拔，亭亭玉立，恰似仙鹤擢轻躯；其花冠状若鸟喙，鹅黄之中吐红蕊，仿佛雏凤试清歌；其花枝迎风招展，抖擞精神，犹如丹凤展翅而未翔。

山清水秀，花木繁盛，自然是野生动物之乐园。茫茫大海之滨，蓝天白云之下，一群群海鸥或高飞，或低翔，犹如白色的精灵，欢庆那蓝天明净与碧海安澜。湛蓝的海水之中，厚实的木栈之旁，体型硕大圆浑的海豹，或三五成群悠游飘荡，或相拥酣睡自得其乐，任凭游人投去欣羡的目光。高地小区西部，有一面积颇大的人工湖，名曰"西湖"。西湖四周枫林夹道，中央草坪嫩绿如茵，静谧的湖水休眠于丹枫绿草之间。阵阵微风吹过，湖面荡起层层涟漪。一群野鸭时而游弋于湖水之中，时而觅食于草坪之上，时而盘旋于丛林之间。于是，天地得以呼应，山水得以掩映，人禽得以和睦相处。

西湖向西，山地陡然爬升，树木逐渐森严，飞禽走兽出没更加频密。那峰峦叠嶂古树参天处，便是加州大学圣克鲁兹分校之所在。大凡名校，必以其独特优势彰显于世。牛津、剑桥之悠久历史，哈佛、耶鲁之典雅建筑，斯坦福之广袤校园与精湛收藏，均为世人津津乐道。若夫加州大学圣克鲁兹分校，则显然以其环境优美而著称。此地踞高山而面大海，依岭壑而布校舍，花山树海，人隐其中，享天趣而究物理，真乃人间仙境，学术胜地。漫步林荫大道，有牛羊与之为伍，有松鼠与之相伴，有山鹰为之歌唱，一不留神或许闯进了野鹿的领地。这些天性机警的生灵对于不速之客的光临并不特别介意。它们瞪瞪眼，刨刨腿，喷喷鼻，依旧我行我素，自得其乐。保护野生动物的牌匾随处可见，然而这并不引人关注，因为那早已化为人们的常识。设若路旁偶尔出现一块告示——"此处有猛兽出没"，那必定使人警觉而振作精神。

环境如此优美，人居其间，自然平和友善。小城居民不多，而且均以车代步，素日难以谋面。不过，每天清晨或傍晚，也能见到不少跑步、远足或遛狗的人们。若你目不斜视或低头沉思，自然无人打扰；若你举目平视或左顾右盼，人们则会主动向你致意，并愿意提供帮助。东方之曦甫至，聊发少年之狂，驱车闹市而迷其归途。于是求助路人，有热心者多人相助，指点迷津。更有中年男子驱车导引，遂得以归。小镇居民热衷于助人为乐，于此可见一斑。在美驾车，虽偶遇轻狂之徒，但绝大多数司机均能遵章守法，互相礼让。通街大衢照例设有交通信号灯，红停绿开，秩序井然。即使阡陌路津，亦设停车红点，无论白天黑夜，不管有无人车，人们驾驶至此，必停车三秒而后行。若数车俱至，则先到先行，后来后开，礼让彬彬。至若人车相遇，绝对车停人行，行人优先。如此这般，既体现人文之优雅，又彰显法制之威严，令人崇敬，值得效仿。

处此环境之中，兴稼耳濡目染，不能无所动心。学书之余，聊成此篇。时维二〇〇九年三月一日九时，地处加州圣克鲁兹山地公寓。当此之际，旭日东升，海天澄碧，面向大海，春暖花开。由是，心宁意静，荣观燕处，安平泰然。

（原载《东江时报》2009 年 10 月 13 日）

下篇

兴稼诗钞

咏荷

婷婷玉立池中央夜雨微
風暗飄香駐守污泥吸養
料抚摩細浪吐芬芳葉輩
鋪展相為侶枝幹高挑獨
向陽燦爛夏花秋蕭索埋
名隱姓待春光

己亥立夏蔡銘澤

寻根建阳
（二〇〇四年十月）

问祖寻根到建阳，九嶷荆楚浩气长。
丹山碧水毓灵秀，赤胆忠心护紫堂。
利禄功名风吹过，文章道德世传扬。
先祖虽邈精神在，忠爱家国永不忘。

道县一本书
（二〇〇五年一月）

蛮荒古朴三苗居，九嶷舜陵华夏祀。
险峻都庞遮日月，澄明濂溪润哲思。
西山云雾潇湘雨，长岛人歌洞庭诗。
历代圣贤谪贬地，天成道县一奇书。

风雪浙赣行
（二〇〇八年一月）

风雪弥漫向杭州，赣南粤北车悠悠。
高速公路连环锁，别车转道到赣州。
郁孤台下清江水，将军挥剑镇寒流。
乡间小路东北行，冰挂别透玲珑秀。
青山绿水红土地，当年红军热血流。
烈士陵园未及拜，暮色苍茫入抚州。
龙虎山下灯火暗，密林深处黑黝黝。
辞别小径入大道，转瞬鹰潭到信州。
鹅湖书院胜迹在，美名佳话传千秋。
朱陆在此双雄会，理学心学合一流。
抵抗倭寇赖此镇，东南成败一局收。
欲访婺源紫阳里，奈何丹山浓雾阻。
停车寻访过稼轩，荒草戚戚涵碧楼。
稻花香里说丰年，犹闻当时豪杰愁。

丹心碧血念故土，欢声笑语绕客楼。

忧谗畏讥避让日，奇情异彩傲王侯。

子女玉帛输北虏，心向杭州不自由。

空有豪情千万丈，化作波涛天际流。

一路飞雪随车舞，富春山水尽白头。

安抵杭城西子笑，双亲展眉下高楼。

妻女明艳瑞雪照，茫茫人海乐悠悠。

西行漫记

(二〇〇八年九月)

驾驭秋风西向斜，追逐天女撒鲜花。

黄河母乳滋源足，嘉峪将军战绩佳。

越过祁连冰冷雪，投身沙漠绿茵家。

莫高窟顶舒张眼，一月清泉映素沙。

学书偶感

(二〇〇九年九月十三日)

书楷平正实险奇，点画篇章布玄机。

笔欲右行先左向，墨滇上挑后下移。

弯弓盘马列阵势，曼舞轻歌展红旗。

胸怀海岳生变乱，遒媚收放总相宜。

一号公路

(二〇一二年八月)

公路蜿蜒景色佳，刀劈斧剁挂山崖。

仰观碧玉星空净，俯瞰波涛虎豹狎。

南北明珠光耀灿，东西沃野物奢华。

穿云破雾隔洋望，紫气朝霞映我家。

怀念慈父

（二〇一六年二月十六日）

七十年来忆生平，慈父遗文伴我行。

苍天有眼巧示意，一遍读罢泪满襟。

赤子情怀何所寄，沐手敬书报先君。

父亲蔡姓讳云卓，饮水思源叶归根。

建阳西山庐峰后，道德文章有承传。

聪慧伟岸真君子，刻苦自学文理精。

或因天公妒英才，遭逢乱世磨难深。

娶妻许氏无限爱，生育儿女排成群。

乱世谋生本非易，佳偶顿失成孤星。

呼天抢地伤心绝，椎心泣血忍偷生。

小儿幼女亟待哺，顶天立地爹娘亲。

恸妻纪念著诗文，遭遇动乱血雨腥。

一生忠贞付知己，满腔慈爱留子孙。

艰难困苦心中痛，和颜悦色待乡亲。

自少怀抱鸿鹄志，中遭变为渡舟人。

含辛茹苦捱长夜，拨乱反正见太平。

儿女自立门庭秀，苦尽甘来世道新。

世道沧桑岂由己，高怀卓越不怨命。

心怀坦荡乘黄鹤，绿水青山映白云。

星云聚散终非梦，骨肉相连本同根。

父母遗爱千秋在，子子孙孙记在心。

忠厚正直勤为本，福寿盈门谢深恩。

杜诗抄后

（二〇一六年八月）

怀抱深情抄杜诗，黯然洒泪起遐思。

才高八斗人皆晓，离乱十年世鲜知。

异彩奇情太白句，丹心碧血少陵辞。

孤舟飘荡潇湘水，赤胆忠魂洛阳驰。

学书自嘲

（二〇一六年九月）

鸟唱门前树，鱼跳碧池中。白日无烦事，夜晚益轻松。

寒暑天地转，书翰吾所宗。朝饮兰亭水，夕奉鲁郡公。

茫茫峻岭上，巍巍两翠峰。经卷承其序，清波送微风。

经生沈弘者，百代大师宗。真迹千秋在，芳踪留西东。

路人或以目，内子时相攻。攻而无嗔意，衣食不落空。

但为心身健，哪管富与穷。书生百无用，唯有诗书通。

诗书如鸿毛，不值老黄铜。万物皆备我，气韵贯其中。

身贱居陋室，不与世俗同。千秋万里外，处处有亲朋。

登火炉山

（二〇一六年十月九日）

一入火炉山，苍翠满眼间。涓涓溪流语，款款幽径攀。

阵阵微风起，轻轻小鸟唱。挥袖天地应，四海当家乡。

喜得唐人墨迹

（二〇一六年十月二十日）

茫茫人海，滚滚红尘。时越千载，圣贤有灵。

圣贤者谁，沈弘经生。承传二王，同窗率更。

启迪颜柳，松雪滋润。衡山领首，玄宰景行。

百代大家，宗师此门。端庄秀雅，劲锐温馨。

千秋万里，翰墨常新。得识真迹，家国兴盛。

虔虔学子，日夜习临。假以时日，或入翰林。
心无所求，方能有成。默默无语，天下知闻。
善怀万物，神交古人。万物有缘，不负真诚。
感谢亲友，胜意如云。悠悠岁月，畅怀生平。

夫人生日献辞

（二〇一六年十二月九日）

源自长安帝室家，灵山秀水伴咿呀。
阳光雨露恩情重，明月清风气质华。
翠袖飘扬千顷绿，笑颜点染万丛花。
青春永驻心情爽，放眼前程乐彩霞。

优深美迪

（二〇一七年三月）

三口之家访翠冲，优深美迪驶向东。
森严古树屏天地，幻影飞瀑混太空。
壁立巨石凌峻岭，迷茫浓雾锁群峰。
夜来隐隐闻熊喘，白雪皑皑留兽踪。

客居羊城二十年

（二〇一七年五月）

二十年来居羊城，昔时风光记忆新。
风尘仆仆三湘客，雾气蒙蒙五羊城。
遇见师生相迎迓，探求新路不计程。
更喜邻居心地好，嘘寒问暖胜亲人。
豪放郭君楚天杰，秀雅李媛滇池灵。
有女良玉聪慧质，海岳崎岖脚下平。
风和日丽艳阳照，青山绿水紫雾腾。
春风大雅能润物，秋水华章未染尘。
世道学理多谈笑，是非长短不置评。

兄弟姐妹相守望，男女老少照应勤。

夫妻偶遇齿磕卦，真心倾诉有善邻。

春花秋月等闲看，道德文章任意评。

岭表寒暑二十载，满头青丝霜染成。

人生难得知心友，携手共进天地平。

写经非为经

（二〇一七年八月二十六日）

写经非为经，只因书艺精。此经沈弘写，端庄秀雅劲。

王有乐毅论，钟书灵飞经。小楷称第一，早已失其真。

唯有此书者，翰墨真迹存。启迪百代师，书翰留芳踪。

华夏避战火，欧陆灿若星。虔虔时临习，或能入翰林。

此乃师所说，牢牢记在心。师者高门户，湘中陈初生。

唐诗精华

（二〇一七年八月十三日）

秦王仗剑复九州，秋月春花竞自由。

霹雳一声天地裂，呜咽万里鬼神愁。

历经磨难千般苦，传诵诗篇万古流。

乐天梦得中兴赋，贾生小杜艳阳秋。

后世复蹈前人辙，青山不语水悠悠。

寂寞书翰

（二〇一七年九月十七日）

笔穿纸背似常见，隐姓埋名外莫闻。

骑鹿谪仙东入海，幻鹤野老西出秦。

眼观世界风云事，心系故乡日月情。

寂寞寒窗书小楷，何愁天下不识君。

游夏威夷

（二〇一七年九月十九日）

茫茫宇宙起烟尘，聚散明灭星月成。
日月星辰各循轨，地球包裹炽热心。
奔腾回旋亿万载，一朝喷发山海呈。
千万火山皆晏歇，至今常见檀香存。
妻女促令试探访，丁酉仲夏始成行。
万里高空回头望，莽莽群山烈焰腾。
劈波斩浪飞船至，山海白雾冲天云。
火龙奔腾数十里，吞山吐海虎龙群。
斗转星移无休止，水陆万物始成型。
欲借沧海一声啸，普天之下皆子民。

装订工

（二〇一七年九月二十三日）

老朽学习装订工，穿针引线不轻松。
缝成册页古香色，耗散精神傻笨翁。
四面八方友谊至，亲戚朋友信息通。
山重水复隔离远，一道彩虹挂碧空。

独立清秋节

（二〇一七年九月二十八日）

临近中秋节，广州天气热。树叶风无影，蝉虫声不歇。
大道人迹少，小户杜宾客。白日摇风扇，黑夜卧凉席。
挥汗连细雨，跻身书翰侧。不为功利计，老童顽且倔。
遥博妻儿笑，酷暑不便说。妻儿在何方，大洋万里隔。
加州天气凉，早晚添衣热。每念慰我心，独立清秋节。

步云诗

（二〇一七年十月一日）

国庆前夜云遮月，校园散步数语得。

不懂规矩难为诗，大致押韵心怡悦。

以步踏韵自宽慰，步云名诗亦妥帖。

经年累月不计时，耗费几许心与血。

眼观手写心羡慕，唐人晋书有名帖。

诗词文章随入眼，兴稼细语未停歇。

不共当世风和雨，虚待千秋云与月。

慧眼胜手心头热，千言万语任拿捏。

身单影瘦何自怜，向善向上莫叹息。

中秋国庆双双至，放歌海天清秋节。

丁酉中秋感怀

（二〇一七年十月三日）

又到中秋月圆时，路上行人意迟迟。

自费购得莲蓉饼，慰勉妻女遥相思。

高速公路汽车堵，名胜景点游人织。

洋人不省圆缺事，弹雨血泪维加斯。

芸芸众生皆依道，同此凉热心相知。

唐诗精华谁最优

（二〇一七年十月十八日）

精粹唐诗一册收，星光灿烂属谁优。

王维喜爱山间墅，杜甫钟情水中鸥。

贾岛轻移云石动，樊川巧赋王侯羞。

荣华富贵眼前过，天下兴亡百姓忧。

热浪清风

（二〇一七年十月二十日）

窗外热浪升腾，室内清风盈盈。

天热哪有君子，赤膊大仙一人。

闲来静书小字，无意远近知闻。

相识或满天下，知心能有几人。

自娱自乐即可，无欲无求乃成。

有酒有肉自乐，客来客往笑迎。

改革开放四十年

（二〇一七年十月二十三日）

改革开放四十年，天翻地覆在眼前。

曾经"文革"风雨骤，拨乱反正换新颜。

希望路上勤奋发，人生旅途著新篇。

难忘家国天下事，山重水复意相连。

青春韶华飘然过，嘉言善行不计嫌。

晚霞偏爱真君子，书翰辞章苦中甜。

南北相识浪淘沙，推心置腹有人言。

相邀九垓观人寰，笑谈河山天地转。

北洋先生

（二〇一七年十月二十六日）

大雾岭高入晴空，鉴江百里绿映红。

灵山秀水钟灵秀，道德文章数曾兄。

人生年少谁无梦，唯有执着竟其功。

回首风流繁华地，化作山水笑谈中。

乐斋光辉

（二〇一七年十月二十八日）

乐斋越来越光辉，湖海江河展翅飞。

朝看翠裙湘女舞，夕尝碧玉琉璃杯。

言传身教领头雁，墨舞毫挥启后辈。

主席台上轻声语，罗浮仙风彩云追。

问君何日关中游

（二〇一七年十一月三日）

问君何日关中游，西望长安不胜愁。

东南朔北皆游历，秀美苍凉满衣袖。

可放足迹西边去，寻觅书翰访诸侯。

李白披发瀛洲游，斗酒百篇诗仙留。

杜甫壮怀天下游，万里河山添锦绣。

西山漫漫青城游，阴阳合抱传圣徒。

虎豹豺狼浑不怕，只身孤胆挥衣袖。

而今交通大发展，高山深壑变通途。

朝发夕至千里近，畅意细品何须愁。

但愿君心静且密，品物流形展宏图。

建华先生

（二〇一七年十一月十六日）

建华杨君喜作诗，蓬勃雅致起浩思。

意境清新绚丽采，才情高妙奔放辞。

天天不可无诗句，步步能够得韵词。

兴来随意凭潇洒，山海原来一本书。

初识章草

（二〇一七年十一月二十三日）

秦时明月汉时关，意蕴高古谁能辨。

晋唐书翰源于此，华文自古即灿烂。

体悟灵动形与意，一入真行便风光。

奉劝诸君莫笑我，暮入沙场小子狂。

染墨挥毫不经意，神思飞越两千年。

依托云岭向大海，气韵欲共天地长。

杰天唐生

（二〇一七年十二月八日）

滔滔商海有唐生，微信热忱最认真。

尔筑雅居临北海，我呈翰墨饰南庭。

巧成古木舟无缆，潜入心灵诗有痕。

秋月春花闲适看，繁星满纸见清平。

寂寞书艺

（二〇一七年十二月十日）

学书寂寞暑连寒，斗室不觉日月长。

圣意千秋来眼底，俗情万般置身旁。

才从唐晋仙山下，又向汉秦关隘攀。

雅俗古今同一体，天地低高皆自然。

诗书口占十首

其一　心中自有万首歌

（二〇一七年九月二十六日）

水秀山灵美景多，心中自有万首歌。

低吟浅唱寻常事，细雨杏花润嘉禾。

其二　日临经书两三行

（二〇一八年六月十二日）

日临书帖两三行，手巧心灵眼放光。

秀雅端庄源圣意，晋唐书翰王沈颜。

其三　诗兴自来

（二〇一八年六月十四日）

看似无诗却有诗，诗兴自来人不知。

随笔涂鸦荒唐意，风中抛入任尔撕。

其四　朱磊博士

（二〇一八年七月三日）

朱磊博士砚一方，换取破字纸半张。

非为老朽心思巧，黄盖周瑜友谊长。

其五　戏题阿左百花诗

（二〇一八年八月十三日）

温润典雅气质华，太平盛世赞群花。

诗情纵有千千万，不向人前炫秀桠。

其六　文白生日

（二〇一八年八月十八日）

人生百岁享平安，俊秀儿孙意境宽。

再借上苍三百载，春色笑看满庭芳。

其七　好诗发不得

（二〇一八年八月三十一日）

近有好诗发不得，篓中废纸暂安歇。

迎来春暖花开日，飞入洛城任尔说。

其八　湘灵女

（二〇一八年九月十日）

小桥流水绕群山，背篓霓裳映蓝天。
爽朗笑声天地醉，展翅凤凰向南方。

其九　烈焰红尘

（二〇一九年五月二十日）

奔放激情化作诗，牢笼格律一手撕。
红尘烈焰腾千仞，碧浪一池润妙思。

其十　登黄鹤楼

（二〇一九年五月二十六日）

黄鹤楼高意登临，石阶步履起仙尘。
指南点北呼风雨，一线长江脚下腾。

恩师九二华诞

（二〇一七年十二月十七日）

风雨兼程九二秋，芬芳桃李遍神州。
怀瑾握瑜时无奈，静气凝神智免忧。
热血柔情滋黉宇，道德著述惠春秋。
红花绿树常相伴，万叶传承美誉收。

甲子情怀

（二〇一八年一月十日）

春秋六十雨兼风，未觉何年化老翁。
家境贫寒念慈父，国运沧桑感明公。
寻章摘句求真谛，染墨挥翰下笨功。
物象纷纷随入眼，诗情裹裹去来中。

七八乡党微信群

（二〇一八年一月十一日）

抛砖引玉孟尝君，绿水青山笑未吟。

南越王庭飘瑞雪，康乐学府舞仙灵。

湘江福星腾波浪，正脉濂溪育圣人。

巧手轻点乾坤动，纷飞胜友似彩云。

落红吟

（二〇一八年一月十二日）

寒流呼啸入南方，摧残花树万万千。

落叶随风凌乱舞，红花含泪黯然伤。

荣枯盛衰归尘土，艳迹芳踪降莽荒。

苍茫大地何处寻，春来笑闹树枝间。

广州一夜演空城

（二〇一八年一月十六日）

农工队伍散如云，一夜广州演空城。

小巷大街舒望眼，红花绿树慰衷情。

北国冰冻连天路，南海风和伴归程。

面向天公高声语，九州何处可安神。

茶缘

（二〇一八年一月十九日）

云桂川黔接鄂湘，巅连粤赣武夷山。

高原云雾沧浪水，碧玉玲珑紫气香。

亲友缘来常聚首，诗书情暖各别乡。

幽居静看荣枯事，红瘦绿肥吐大荒。

念荆州

（二〇一八年一月二十二日）

少年高岭望荆州，云伴长江天际流。

眼下名城身未到，天涯胜景体曾游。

山灵水秀英才出，虎跃龙腾天地忧。

野鹤闲云飘荡日，梦回楚郢数千秋。

彭辉尹华伉俪

（二〇一八年二月九日）

风雨同舟善友邻，羊城聚首创前程。

巴山峻岭连南粤，资水清波入洞庭。

高妙才情通物理，醇和风度得天真。

金樽敬祝高堂寿，微笑欣怡创业人。

除夕暨南园

（二〇一八年二月十五日）

暨南园里行人稀，明媚春光尽芳菲。

翠鸟翩翩花树舞，彩旗猎猎微风吹。

心胸畅快怡情走，衣帽轻柔随手提。

欲借珠江千道水，群山点染万重衣。

新年偶感

（二〇一八年二月十六日）

新年清静睡迟起，日照东山花满枝。

妻子此时发微信，大洋彼岸起遐思。

学罢老子学孙子，抄毕唐诗抄宋词。

哲圣妙言皆惠我，潜滋心海少人知。

陈寅恪先生

（二〇一八年二月二十日）

翠岭巍巍高入云，云端隐隐有仙灵。

背依玉宇朝前看，眼望红尘往上腾。

历尽生前千般苦，流传死后万古名。

吮吸哲圣源头水，挥洒琼汁降玉霖。

《易》赞

（二〇一八年二月二十二日）

经年累月，寒暑易节。手抄易传，终于成册。

心身舒展，稍微休歇。心有所感，笔之书曰。

易之为书，先民心血。源自伏羲，文王困厄。

夫子作传，如虎添翼。志士仁人，集体创作。

历数千载，民族魂魄。天地乾坤，万物生灭。

人为灵者，物竞天择。自强不息，载物厚德。

趋利避害，智慧总结。谦卑虚己，根本原则。

外王内圣，造福家国。孜孜以求，日夜临习。

形容枯槁，须发尽白。天道酬勤，偶有心得。

仁心慧眼，世情洞彻。依道而行，雍雍卓越。

取之不尽，用之不竭。见仁见智，精华糟粕。

陈年老酒，常温常热。世路漠漠，坎坷叠叠。

如临父母，情真意切。赞之誉之，心身愉悦。

诗从心出

（二〇一八年二月二十四日）

意念天地生，诗绪江海接。滔滔若神助，千言信手得。

缈缈无踪影，娓娓似可说。生活增阅历，苦乐无分别。

非为一己私，大众多关切。世情幻入眼，悲悯心头热。

具象呈笔底，意境朝天阙。字数大体匀，音韵须和悦。

平仄稍讲究，推敲勿怠懈。强求不可取，求则须发白。

灵感悄然之，辞絮舞飘雪。言此意在彼，意指莫直说。
生活有如春江水，波推浪涌诗意迭。
人情景物常幻化，彼此相互献关切。
大小依存相应对，远近高低附加叠。
有无虚实巧安排，前后左右神飞越。
上天入地任驰骋，惊雷闪电时泯灭。
可上九天揽星辰，可下五洋捉鱼鳖。
篇章成就铺锦绣，心神宁静人喜悦。
掷笔长啸意气豪，醉卧沙场任评说。

戏说第一
（二〇一八年二月二十八日）

有此一说成俗语，优劣几何我自知。
声势虚张夸海口，风情卖弄混龙珠。
真枪实弹功夫少，壮语豪言业绩输。
文火从容平静煮，广州汤靓去心虚。

夫人云门游
（二〇一八年三月十二日）

翠岭群峰锁云门，晶莹剔透一桥横。
烘云托月惊仙子，联袂携手下凡尘。
笑逐颜开观美景，眉飞色舞惹游人。
董郎欲效求仙记，银铃串串伴归程。

真宰吟
（二〇一八年三月十八日）

人生有真宰，阴阳交会成。或藏心脑间，太渊无处寻。
生死存亡道，荣枯盛衰根。精巧体宏大，玄妙理难评。
七情六欲起，百骸九窍形。左右狂奔突，上下穷折腾。
五体供驱使，四肢忙不停。衣食求温饱，声色快欲情。
建功立伟业，逐利扬威名。仗势欺百姓，使气傲群伦。

一旦狂暴起，欲焰万丈腾。真宰狂且躁，驯服靠理性。
圣贤书常读，顽劣事莫行。一任无节制，得意忘其形。
忘形祸害至，懊恼悔终生。多少英雄汉，张狂肇祸根。
身名尔自裂，亲友长伤心。耿耿星汉夜，殷殷细思寻。
慎终如初始，默默享太平。日月轮流至，朝夕往送迎。
真宰终有度，数尽气息停。细心勤呵护，悠悠到天命。

题《兴稼细语》

（二〇一八年三月二十五日）
兴稼细语又成编，文墨诗书不记年。
和煦春风温润雨，澄明秋水艳阳天。
奇思异想开新局，细刻精雕绘采章。
无意人夸颜色好，但求清气满人间。

答向君

（二〇一八年四月五日）
莽莽昆仑高万丈，吸纳云水印度洋。
夏日消融千秋雪，波涛滚滚入大江。
长江灵秀三峡美，屈子昭君思故乡。
向君松祚弘通士，源自荆楚彩云间。
天赋聪明英豪气，品行高蹈接云天。
京华三载同窗谊，眼界开阔慧无边。
天文地理纵情论，夜深人静拍阑干。
翠衣红袖无暇顾，春花秋月每相忘。
君本理工高才生，经济家国攀峰巅。
才华风度无人挡，花蕊彩蝶舞翩跹。
鲸吞海浪三万里，欧美名师勤寻访。
学成归报中华日，指点江山惊人寰。
每逢大事发议论，举国上下多欢颜。
文理兼修皆能手，政商学海俱领航。

好诗好词好文采，向善向上向天然。
功成名就不忘本，回馈桑梓情意长。
感君饱含深情意，赠我长篇锦绣章。
金樽美酒敬友人，翻作打油诗千行。
人生本是无根草，聚散离合总因缘。
借得岭南云一片，化作相思情满天。

附：向松祚《赠蔡兄》
（二〇一八年四月一日）

　　人大读博士时，与蔡铭泽兄同居数年，感情笃好。毕业二十多年未曾谋面。近日得知老兄一切顺心，甚喜。戏作歪诗一首以记之。

当年人大红五楼，四方英才一例收。
高谈阔论无顾忌，隔壁飘香红袖衣。
红颜当时非佳偶，铭泽仁兄吾同居。
考证新闻费搜寻，钩探历史开新局。
夫子做派人共仰，信手书翰如儿戏。
三年同窗白驹过，仁兄南下任教席。
博学教鞭自挥洒，著作等身仍谦虚。
我性生来厌拘束，四海飘荡无定迹。
英美游学归海内，二十年来无消息。
幸有微信传播广，知兄岭南多惬意。
功成名就无遗憾，常赋诗篇有真意。
愿君安康身长健，樽前斗酒思文姬。
更有四季岭南花，堪摘之时莫姑息。
衣食无忧诗书健，才华泉涌见识奇。
待到诗篇三千首，百代流芳自可期。

题向君读书

（二〇一八年四月六日）

才情高妙向贤弟，宏论长篇堪称奇。
中外古今双目照，文经哲史一篮提。
眼光锐利观时态，情感温柔获亲昵。
平易近人结君子，理直气壮去邪鄙。
妻女赞君诗才高，老夫献词贱如泥。
开怀大笑问上苍，天上地下无高低。
信手翻作打油诗，皓月当空放清辉。

寻帽拾趣

（二〇一八年四月二十二日）

琼楼玉宇新天地，合府聚餐在食宜。
大意粗心丢皮帽，愁眉苦脸扫雅仪，
悠闲信步寻失物，怡悦自得归神奇。
此为吾儿真孝顺，遮阳挡雨沁心脾。

岑村

（二〇一八年四月二十三日）

公交八面向岑村，村貌村容日月新。
自古即为边鄙地，一朝恍若市中心。
背依庐峰观云海，面向珠水听浪声。
红袖翠裙满巷舞，东西南北闻乡音。

习颜勤礼碑二首

其一

（二〇一八年四月二十四日）

架构正平舒望眼，墨香酣畅润心灵。
挥毫藏锐生和气，执笔如锥泻水银。

广阔门庭珠玉秀，磅礴气势彩虹腾。
长怀书圣千年意，涤荡心中万里尘。

其二
（二〇一八年四月二十九日）

登上一山又向山，身居高岭彩云间。
涓涓溪水寻幽径，阵阵鸟鸣唱异香。
无意东风谁做主，有情夕照自成篇。
不觉日月辛劳苦，自信山中有圣仙。

石牌村
（二〇一八年五月十日）

石牌村落卧城央，四面高楼入昊天。
断壁残垣相挽手，人流鼠辈各齐肩。
商家林立人喧闹，灯火通明夜阑珊。
寻衣觅食八方客，互相守望保平安。

母亲节
（二〇一八年五月十六日）

春夏之交天渐热，亲友传颂母亲节。
赐予生命人安在，化为泥土空悲切。
苦难岁月童年梦，烟消云敛音容绝。
心中纵有泪千行，无尽思念向谁说。
晴空霹雳撕心裂，阳光雨露成永诀。
小儿幼女亟待哺，慈父兼母双肩接。
衣食住行难为继，诗书礼义未空缺。
儿时不知思亲苦，命运坎坷心似铁。
粗食破衫养育我，天覆地载恩未绝。
潜滋雨露延身躯，暗抛云霞观天色。
父老乡亲慈怜爱，寒冬酷暑苟存活。
霹雳一声瘴雾除，雄鸡高唱天下白。

拨乱反正世道变，心中有话向党说。
娶妻生女春风暖，创业求学欢愉悦。
泰山北斗在高堂，爱女贤妻兼美德。
女复有子亦为母，生命波涛永不歇。
翻觉日月轮流转，江河湖海浪相叠。
循根溯源不忘本，安身立命备珍惜。
兼顾家国怀真情，焕发东风润春色。
古今中外无彼此，普天同庆母亲节。

俊人先生

（二〇一八年五月十八日）

黄金村里油灯亮，春夏秋冬夜不眠。
东向投情流逝水，西眸寄意荡飘云。
曾经风雨捱长夜，欣遇春风伴绣程。
翰墨诗书何所寄，清华学府有乡邻。

玉兰花

（二〇一八年五月十九日）

灿若云霞花满树，粉白红黛各成诗。
西山彩雾凝紫气，东港明珠炫妙姿。
引领桂宫霓裳曲，唱和华夏玉霖词。
偶从蓬岛仙山下，横越沧海起遐思。

赠郭老

（二〇一八年五月二十日）

郭老吾仁兄，金兰不惑中。潇湘北流去，衡岳助东风。
相随伴南北，通家愉从容。偶闻尔微恙，我心不轻松。
劝君善珍摄，不可太勇猛。花甲悄然过，毕竟大不同。
学问长久事，一人难竟功。改革四十载，吾辈乘东风。
负笈潇湘别，京华求学梦。联袂下南粤，名校两岸风。

著作等身高，弟子遍寰中。壮志信马列，反腐立奇功。
微信称能手，日发十余通。军国观大事，学术无漏空。
美酒加咖啡，东西南北风。春花润禾苗，秋实惠亲朋。
郭老人不老，山水展笑容。中华留足迹，欧美布行踪。
劝君多保重，领略中国梦。渔父鼓枻唱，大江流向东。

晨书偶感

（二〇一八年五月二十三日）

兴稼细语重开章，研墨铺笺意不慌。
放眼晨曦千万道，入耳蝉噪两三番。
自觉清凉心安静，何惧溽暑气张狂。
同此酷热念亲友，思绪飞越昆仑山。

酷暑习兰亭

（二〇一八年五月二十七日）

羲之名帖何处寻，兰亭契序未失真。
世间版本流传杂，唯有西泠印制精。
起笔藏锋纳瑞气，控手飞鸿舞精神。
日临法书三五行，十年八载满眼春。

暴雨消暑气

（二〇一八年五月二十七日）

牢笼天地结，丝风无从得。骄阳毒似火，酷暑蒸腾热。
浑身衫尽湿，烦躁气欲绝。隐隐惊雷动，天边相撕裂。
俄尔狂飙起，天风扫落叶。暴雨倾盆下，暑气尽消灭。
奔雷追闪电，天翻地欲揭。寸寸除溽暑，阴阳和颜色。
雨过晴且爽，心身俱愉悦。万物有怨气，宜解不宜结。
天地人世间，莫不同此说。有赖天公明，时解人间结。

歉意诗书

（二〇一八年五月二十八日）

诸君莫嫌我啰唆，诗绪恰如水上波。

笑对微风多重浪，闲谈碧水几漩涡。

人间阅尽千般事，圣殿飞扬万首歌。

待到江郎才具老，丹山翠岭拥轻舸。

和《歉意诗书》（冯柏乔）

（二〇一八年五月二十九日）

良言金玉岂啰唆，独怜光阴似逝波。

人生何惧千重浪，处世偏多漩上涡。

长天若许人美意，煮酒烹茶任放歌。

江郎才尽风飘絮，出生儿女梦如轲。

马航迷踪四年祭

（二〇一八年五月二十九日）

穿云破雾飞朝北，潜影迷踪转暮黑。

冤鬼一群游荡远，亲友三代忧伤绝。

兴师动众搜寻广，探海巡天踪迹没。

神怪弄播人间事，长风万里且停歇。

西瓜兴叹

（二〇一八年六月四日）

骄阳酷暑汗飞花，急赴档坊买西瓜。

肉嫩皮薄颜色美，汁丰味苦舌苔麻。

莫嫌小贩心计巧，只怪浑珠视力差。

浅唱低吟兴叹曲，垃圾堆里去安家。

赠于爽

（二〇一八年六月十一日）

狂风暴雨扫南方，骄阳酷暑锁北疆。

高考应时节趋紧，樱桃面市果飘香。

生徒寄赠家乡礼，老朽盼企眼底穿。

味美色鲜凝紫气，忘却南北不同天。

席梦诗

（二〇一八年六月十三日）

头戴金冠上云端，脚蹬皂靴生紫烟。

烈焰腾空高万仞，赤流泻地漫无边。

清晖皓月身投影，碧浪白沙意冲天。

南柯一梦黄梁醒，浮生依旧在人间。

忆少年

（二〇一八年六月十四日）

山路弯弯向远方，家庭学校线一牵。

晨曦露脸人开步，夕照读书霞满天。

盛夏暑天尘烫脚，严冬坚冰风揭衫。

狂风暴雨无休止，一缕温情脑海间。

雨中真情

（二〇一八年六月二十五日）

骄阳闪耀五羊城，暴雨降临暨大门。

广告系科毕业照，新闻学院师生情。

千条雨线缝天地，三宝吉祥享美名。

富贵荣华春气象，此情此景上天成。

偏门

（二〇一八年六月二十六日）

历来学府喜结群，错节盘根似古藤。

千载君臣崇此道，万年师表铸成型。

浮游沧海单身弱，罗网乾坤众志成。

我自生来脾气倔，尊师重教不偏门。

梦游猫儿山

（二〇一八年六月二十八日）

桂林山似海，峰波浪涌成。东西连百越，南北护千灵。

山外复有山，猫岭独出群。心神久向往，梦中一登临。

方圆数百里，仙雾郁蒸腾。翠峰高千丈，伸手摘白云。

放眼望北国，潇湘入洞庭。俯首瞰南粤，珠漓接沧溟。

皇秦拓南荒，凿渠显威灵。红军征战苦，血腥冲云层。

历史风云涌，惊涛犹可闻。干戈化玉帛，鲜血染太平。

满山红杜鹃，片片吐真情。似闻神仙语，温馨润心灵。

冷眼看世界，热风吹人伦。莫道形影瘦，天地吾为心。

戏赠诸生二首

其一

（二〇一八年六月二十九日）

东西南北共一家，岭表温润四季花。

湘赣自古英才出，川黔沿路味觉麻。

山里道姑看大海，岛上琼楼映晚霞。

凉亭习习清风起，朝阳彤彤耀中华。

其二
（二〇一八年七月一日）

云山珠水起苍黄，挥手诸生赴职场。
感念君子存真意，聊赋诗篇表衷肠。
东西南北尽入眼，男女老少皆登场。
一泉明净映万月，妙思细品共飞扬。

诗书乱弹
（二〇一八年七月四日）

诗书见报又一篇，微信转发朋友圈。
网络点赞如潮涌，老朽检阅似蜜甜。
在诗言诗字靠谱，以书论书诗沾边。
莫道诗书皆佳妙，须知天外更有天。

劝君游兴安
（二〇一八年七月六日）

芒鞋竹马向四方，何故相违猫儿山。
南北分流湘漓水，东西聚首巴楚天。
皇秦挥戟平百越，义帜血红染千山。
秋月春花灵渠影，漫山遍野吐芬芳。

海之殇
（二〇一八年七月八日）

滔天巨浪泰普吉，凤凰瞬间沉沙泥。
天伦三代含泪别，情侣二人伤心离。
华夏大地财富足，炎黄子孙旅游迷。
浪迹天涯夸海口，魂归故里人安息。

锦云博士二首

其一

（二〇一八年七月十三日）

暨南园里两书虫，远近高低略不同。

锦云博士说谬诗，细雨兴稼洒空蒙。

铺展采卷为君乐，笑掉大牙请人缝。

诗书优劣不由己，休将井底当苍穹。

其二

（二〇一八年七月十三日）

琼浆玉液友情浓，轻晃金樽荡彩虹。

博士送吾千顷碧，老夫报汝一袭红。

久悬仁爱溪边月，长伴睿智海底龙。

巧手善磨端砚墨，善心妙语话苍穹。

夜珠江

（二〇一八年七月十四日）

曼舞轻歌乐未央，流光璀璨满珠江。

推杯换盏客官醉，露背袒胸美人香。

昨日因嫌薪俸薄，今朝可怜铁栏拴。

拨开云雾悉心看，隐约羊城现曙光。

向君观世界杯

（二〇一八年七月十四日）

浪迹天涯识吾兄，哪里热闹哪里蹦。

昨日领略昆仑雨，今朝拥揽俄皇宫。

冰雪美人情怀暖，刚健俊男风度雄。

彩球翻飞天地醉，一夜劲吹法国风。

五零后意态

（二〇一八年七月十六日）

送旧迎新共一堂，推杯换盏夜阑珊。
后生小伙容颜美，先进老头意态狂。
北顾频频南天客，南飞纷纷北方雁。
豪情共挽珠江水，日月且将掌中看。

反腐奇功

（二〇一八年七月十八日）

南疆反腐发奇功，二虎应声入瓮中。
依仗权威无顾忌，背离道德忘初衷。
藏污纳垢羞先祖，害理伤天败世风。
利令智昏成笑柄，黄金铁链豪门空。

答陈娜

（二〇一八年七月十九日）

昨日黄花今日开，群芳歆美亦自在。
罡风烈雨冲天起，野草荆棘遍地崴。
丽日春光香雾罩，蕙花嘉木懒枝衰。
繁华转瞬成空梦，散入微尘细细栽。

习兰亭偶感

（二〇一八年七月二十一日）

学书临帖王羲之，胜迹真传有契序。
不惧风尘常浸扰，但求日月无瑕疵。
偶来亲友相愉悦，谢却烟茶奉诗书。
时序绵绵春色远，天涯海角觅故知。

酷暑自凉

（二〇一八年七月二十二日）

隐姓埋名不计年，低眉俯首案几前。

晋唐书翰勤观赏，李杜诗篇入睡眠。

老庄易周玄妙意，儒释道藏崆峒言。

豪情何须冲牛斗，谈笑诗书妻女嫌。

动静诗书

（二〇一八年七月二十五日）

经文一遍诗一首，动静相宜我自知。

心静抄经灵耳目，气和咏赋舞遐思。

世间万物皆关注，笔端千绪尽为诗。

色空一体生灭转，可怜凡夫障瑕疵。

仙姝旗袍班

（二〇一八年七月二十六日）

轻歌曼舞翠霓裳，紫雾红霞容貌欢。

歆羡瑶池凌波曲，痴迷仙子旗袍班。

功成名就家庭顺，心悦体柔事业娴。

朋友圈中靓丽照，鲜花笑语艳阳天。

快意兰亭

（二〇一八年七月二十八日）

今朝快意书兰亭，质朴无华把示君。

亦步亦趋循规矩，且收且放长精神。

千秋咏叹人生调，万古畅怀世道情。

书圣云间莫笑我，慧心巧手借此成。

赠杨先顺

（二○一八年七月二十九日）

谦逊和顺杨家郎，清风明月不张扬。

微信群里观国礼，职业场中领头羊。

匆匆早起诗书客，款款深情故人赞。

谁持彩练当空舞，恰似西边出太阳。

黔灵女

（二○一八年八月一日）

黔灵美女荆州娘，每日轮值售奶房。

不怕太阳不怕雨，为谁辛苦为谁忙。

情牵桑梓思父母，思念楚天想儿郎。

落日西沉身影去，红衫轻骑舞夕阳。

兴安行六首

其一　诗序

（二○一八年八月六日）

幽居久思动，一夜乘东风。桂林山水秀，白云荡碧空。

我欲何所往，高铁兴安东。瑶乡观歌舞，灵渠沐秋风。

水系探南北，湘漓吊红军。心向猫儿山，华南最高峰。

其二　专列戏说

（二○一八年八月七日）

车到桂林北，高铁变专列。游客蜂拥下，车厢空如野。

内子笑颜开，手机忙抓拍。私下留案底，人前耀炫说。

遥想毛泽东，巡视坐专列。彩凤身边舞，夫人席位缺。

江山美如画，诗词连篇接。风华盖一世，宏图成伟业。

我今欲何往，飞驰兴安北。探幽灵渠水，猫儿山中歇。

其三　灵渠探幽

（二〇一八年八月八日）

微风细雨润古城，幽静水街少客行。

渠道连接湘桂水，巅峦飞渡楚天魂。

幽幽小巷音尘远，莽莽群山星月平。

神思飘扬千百载，轻声呼唤伴伊人。

其四　吊湘江

（二〇一八年八月八日）

轻车便道出兴安，湘桂界首一线江。

十万红军过此地，七成鲜血染群山。

力挽狂澜急转舵，妙算神机快挥鞭。

西去哀兵播火种，金陵黯淡少阳光。

其五　登临猫儿山

（二〇一八年八月九日）

轻车简从出兴安，翻山越岭到瑶乡。

身处高寨抬望眼，云雾缭绕锁峦巅。

抖擞精神凝住气，旋即攀登猫儿山。

千回百转盘旋上，唯恐汽车出九天。

琼楼玉宇飘然至，宾馆耸立彩云间。

山下骄阳山上雨，云缝雨织遮住天。

忽然云开浓雾散，群峰碧空披霞光。

老天眷顾开慧眼，登临绝顶视阔宽。

灵猫神峰朝天拜，遥望苍穹流圣光。

转瞬低回人寰处，千山万壑升炊烟。

红霞紫雾飘荡处，金关铁锁挡铜川。

白云缠绕作腰带，伸手即可邀神仙。

红男绿女驾彩雾，仙影凡音隔重天。

绿树繁花满眼翠，各族儿女有靠山。

漓江资江源头水，雾气飘洒自九天。

分道东西南北去，灌注洞庭连珠江。
山高水低人共识，水高山低属天然。
有道山高人为峰，天人一体莫张狂。
云行雨施育万物，芸芸众生赖上苍。

其六　念兴安
（二〇一八年八月二十二日）

戊戌秋游到兴安，专程登攀猫儿山。
灵渠岸边飞思绪，界首堂前吊大江。
市面整洁人友善，食材鲜美味芬芳。
怀揣一片赤诚去，捎带数篇诗歌还。
挥别兴安默默颂，粤桂相隔万重山。

咏荷
（二〇一八年八月十二日）

亭亭玉立池中央，夜雨微风暗飘香。
驻守污泥吸养料，抚摩细浪吐芬芳。
叶群铺展相为侣，枝干高挑独向阳。
灿烂夏花秋萧索，埋名隐姓待春光。

杏花女二首

其一
（二〇一八年八月十五日）

天心地胆淮河旁，常忆童年好时光。
麦浪滚滚原野绿，蝉声悠悠音韵长。
捣衣波动春江水，信手捡拾古代钱。
正道光明神指引，斜风细雨放眼量。

其二

（二〇一八年八月十六日）

青梅竹马结成双，凤凰展翅到珠江。
群入工房三班倒，独撑门户合家安。
和颜悦色迎宾客，清风明月却尘烟。
心向荣光身自在，杏花春雨艳阳天。

诗之眼

（二〇一八年八月二十日）

诗如人体各具形，有首有身有眼睛。
躯干匀称风度雅，眉清目秀气质灵。
江海行船波浪起，苍旻飞雷云雾惊。
星光熠熠呈异彩，文辞灿烂贯古今。

又题《兴稼细语》

（二〇一八年八月二十一日）

生如蝼蚁未争春，风雪严寒盼暖情。
雨露潜滋延躯干，云霞暗抛发心声。
著书立说追前贤，染墨挥毫待后生。
莫道金笺千百帙，终将痴意付苍旻。

陈初生教授二首

其一　陈初生教授

（二〇一八年八月二十四日）

湘中高士陈初生，珠水云山起异声。
金文古奥勤探索，玉音缥缈细思寻。
是非判断挥剑指，爱憎分明快意评。
紫气氤氲盈室绕，新朋老友益门庭。

其二　教授回故乡

（二〇一八年十一月七日）

牵情草木到心房，记忆初生娄底旁。

暗乳潜滋涎口水，忠魂侠胆宝山梁。

功成名就春风暖，梦想神思秋意凉。

翰墨豪情挥洒处，故乡从此添辉煌。

夏之花

（二〇一八年八月二十六日）

饱蘸三春润雨情，夏花灿烂舞精神。

青枝绿叶身招展，粉蕊红心色诱人。

一阵狂飙冲阙起，几多英俊坠尘吟。

此番苦难摧折后，丰韵足实意态平。

书间花语

（二〇一八年八月二十七日）

学书如人生，夏花灿若云。枝叶随风舞，色香引诱人。

一阵狂飙起，遍地惜英灵。从此丰姿熟，秋实喜收成。

学书亦如此，书与花相形。精选名优特，习帖动真情。

入纸藏剑戈，回锋潜其形。执笔如山稳，挥洒似云行。

关节紧且密，意蕴竟其能。虽无张扬势，端庄显秀灵。

心身无所求，方能有所成。何惧身名寂，天涯有芳邻。

惜淮阴

（二〇一八年八月二十九日）

秦皇积怨天人愁，倒海翻江有善谋。

乞食苟活存性命，挥旌垓下擒敌酋。

风轻云淡南山去，鸟尽弓藏走狗愁。

歌舞升平喧闹起，钗裙戏谈淮阴侯。

嘘战神

（二〇一八年八月二十九日）

二十世纪风云陡，助浪推波有圣徒。

井冈山上挥大刀，平型关口裂衣绌。

白山黑水军威盛，碧海蓝天战火稠。

若是当初身便隐，何患晚暮效韩侯。

叹冤灵

（二〇一八年八月三十日）

华夏百年风险恶，英雄豪杰坎坡多。

冲锋陷阵袍泽死，颂德歌功意志磨。

痴愿常为痴愿恼，友情总被友情讹。

人心党性同一体，万里神州起浩歌。

秋之韵

（二〇一八年八月三十日）

又到金风飒爽时，雁群声声向南池。

苍穹纵目观新月，大地回眸觅小诗。

感叹往昔生情愫，顾怜时令起遐思。

迎来春暖花开日，付与东风伴俏枝。

网络寻人偶感

（二〇一八年九月四日）

争奇斗艳几时休，出类拔萃亦堪忧。

弱肉强食林中法，优胜劣汰人间羞。

可怜沉梦难唤醒，无奈痴心不自由。

网络微信寻觅广，诸君理应猛回头。

改诗口占

（二〇一八年九月七日）

改写诗两首，音韵须顺口。平仄依框架，规矩要死守。
东边补篱笆，西邻伸援手。削足适敝屣，意境或乌有。
诗从心中出，万物本自由。我手写我心，任其美与丑。

诗书人生

（二〇一八年九月八日）

一画开天地，万物现生机。文字仓颉造，人类新世纪。
横平竖直者，远近取诸宜。下笔重奇巧，弧行秀雅离。
诗从心中出，我手抒我意。生活源泉富，灵感触天机。
玄妙意境现，彩虹飞天际。音韵须讲求，平仄依格律。
诗文天地设，代笔由自己。每有佳句得，心中满欢喜。
为人亦如是，真诚潜心底。外圆内方正，直通诗书理。
和润生春色，清淡养秋气。诗书各有法，体悟在自己。
苦练勤思考，终生有大益。心到无欲处，诗书自然奇。

台风山竹

（二〇一八年九月十六日）

山竹好吃壳难掰，稍不小心牙齿歪。
应对台风亦如此，沉着冷静勿松懈。
政府频发警示信，千军万马严阵待。
停产停业停上课，关门关窗家中呆。
飞机火车齐停运，旅客滞留少怨艾。
吸纳云水三万里，挟持雷电九天外。
狂风呼啸从天降，暴雨倾盆卷地来。
虎啸狼嚎毛骨悚，地动山摇胆气衰。
树影摇曳随风甩，枝干摧折遍地哀。
汽车掀翻屋进水，楼底住房上天台。

财产损失无数计，人命侥幸天悯怀。
人如蝼蚁由天命，掀天揭地观世界。
当年粤东风暴潮，战天斗地故事哀。
誓死效忠毛主席，人定胜天气豪迈。
军民奋力挡暴潮，血肉之躯叹何奈。
壮士五百八十名，视死如归祭天灾。
如今政府惜人命，敬畏自然显大爱。
经济损失且不顾，人命关天挂情怀。
顺从自然善珍摄，平心静气慢慢捱。
待到狂风暴雨过，秋高气爽美景开。

秋之忆

（二〇一八年九月十八日）

难忘一九七六年，天翻地覆迅雷间。
铲除祸国殃民者，换来舒心悦目颜。
久违家乡山与水，常思创业苦和甜。
搔首白发怀故土，放纵耳目系桑田。

书贵细纤

（二〇一八年九月十八日）

书贵细纤惹浩思，功夫精巧有谁知。
重温盛世千年梦，体悟繁华百家诗。
竖直横平心态正，银钩金弯笔形舒。
回眸往事增恬意，不怕旁人指瑕疵。

改诗难二首

其一
（二〇一八年九月十九日）

天边隐隐闻惊雷，思绪绵绵意气惶。
陡起三尺波浪涌，悠然一叶扁舟诓。
随心放纵飘摇鹤，扼腕收缩定向樯。
十载一觉扬州梦，写诗容易改诗难。

其二
（二〇一八年十月六日）

写诗容易改诗难，难在声音韵律间。
身戴链条习劲舞，心殚咒符试歌场。
因辞害意寻常事，弄巧成拙亦荒唐。
一旦轻车行熟路，风和日丽气飞扬。

沈弘书赞
（二〇一八年九月二十日）

敦煌经卷沈弘扬，穿越千秋放光芒。
秀雅端庄承逸少，挺拔劲锐启颜郎。
衡山松雪霜华染，玄宰天涯日月藏。
心向手往佛光照，东风相伴越西洋。

诗何谓
（二〇一八年九月二十二日）

诗者何所谓？戏说为君题。盲人摸大象，王婆吹牛皮。
格式有讲究，字句大致齐。声韵朗朗出，对应随呼吸。
平仄相杂错，格律不可移。叙事陈实景，抒情意迷离。
诗眼灵光照，言此意在彼。灵感悄然至，袅袅飘脑际。

诗兴催笔墨，推敲不松气。生活波浪涌，春江水依依。
天地放沙鸥，翻觉泰山低。此乃律诗言，不及自由体。
自由诗自唱，大致韵脚齐。诗从心中出，代为天地拟。
人民亲父母，我执代言笔。一孔窥全豹，或许不得体。

中秋偶感

（二〇一八年九月二十三日）

小楷一幅气势酣，弄文舞墨不心慌。
少时壮志飘云彩，晚暮秋风写老庄。
偶作诗篇违韵律，常遭亲友指癫狂。
从今收拾心猿马，投笔青山看昊天。

奉礼郎

（二〇一八年九月二十三日）

月近中秋人影恍，迎宾送礼甚张扬。
老夫市场观光去，烟酒果茶置屋旁。
受禄无功心忑忐，遣怀有愧意彷徨。
冥思苦想勤搜索，原是家乡奉礼郎。

何必苦奔忙

（二〇一八年九月二十四日）

学者专家苦奔忙，雅集盛会转连场。
早茶同饮申江客，晚宴相娱粤海王。
逐鹿中原燃战火，摘金幽燕聚华堂。
红颜洗净春风倦，薄雾流霞见子房。

忆芳踪

（二○一八年九月二十四日）

倩影秀发甩向东，轻裾罗袜动芳踪。

康晖园里初相遇，锦绣途中屡望空。

挥手天涯音讯邈，回眸梦境笑谈中。

庄周幻作蝴蝶舞，胜却人间白露风。

夫人俄京纪游

（二○一八年九月二十五日）

秋高气爽台风吼，结伴拉帮漠北游。

红场军威扬气势，普京大帝阅神妞。

圣彼得堡宫廷秀，涅瓦河边舞影稠。

兴尽荣归广州日，云山珠水献歌喉。

忘江海

（二○一八年九月二十七日）

一袭褐衣人哂笑，干戈寥落满天星。

无边春色江南柳，有限秋光塞北云。

忍见相识红袖老，喜得破帽白发亲。

相濡以沫忘江海，影单身轻混太平。

桂山岛

（二○一八年九月二十八日）

莽莽群山漂海中，山上隐隐有仙宫。

龙王酿造千盅酒，月桂栽培万仞松。

百里彩虹连港澳，一排岛链挡台风。

伶仃洋里何须叹，朗朗乾坤万事空。

奈何佳期

(二〇一八年九月二十九日)

神州大地喜期多，秋季开学往后拖。

中秋佳节团圆月，国庆长假欢乐歌。

狂风暴雨横空扫，丧气垂头就地窝。

授业解惑心意切，误人子弟奈如何。

旧梦入诗来

(二〇一八年十月一日)

夫人游港湾，我诗赋桂山。十年忆旧梦，一朝入篇章。

海天依然阔，长虹舞波浪。生活多奇妙，时事竞芬芳。

思绪弥天地，宇宙任飞翔。世人莫笑我，偶尔显张狂。

小蛮腰

(二〇一八年十月二日)

昂然耸立珠江畔，照亮羊城百里天。

隐隐青山恬不语，滔滔碧水起哗喧。

长虹九座连天乐，彩帜一片动地欢。

圆月中秋国庆夜，明珠璀璨炫神仙。

游帽峰山三首

其一

(二〇一八年十月六日)

广州城外帽峰山，莽莽苍苍接大荒。

王气聚凝呈泰和，仙灵庇佑现佛光。

千年古刹调风雨，百丈云梯贯顶端。

不慕盛名煊赫处，心安意净亦酣然。

其二

（二〇一八年十月十一日）

遁入帽峰半日游，无边喜悦到心头。

眼观苍翠添光彩，手抚秋波荡细流。

古寺沧桑垂百代，新苗稚嫩嬉三秋。

青山隐隐云揽月，绿水悠悠映画楼。

其三

（二〇一八年十月十二日）

帽峰山里清秋早，曲径幽幽宾客少。

仙雾石阶牵鞋上，庙堂落叶任风扫。

抬头云彩须发白，携手佳人容颜好。

揽月高峰放眼望，北国飞雪初冬了。

茂名年例行

（二〇一八年十月八日）

万里长风海天来，萦绕雾岭久俳徊。

点染粤西千顷碧，滋润黎民百姓爱。

为感仙灵庇佑恩，世代相传年例排。

每逢寒冬腊月至，千家万户设平台。

五谷丰登民众乐，六畜兴旺天地泰。

家家门前设宴席，过路君子共饮杯。

锣鼓掀天千村喜，鞭炮动地万户开。

三牲祭祀街边摆，几坛蔗酒蘸台排。

祈福纳瑞人间事，避祸驱灾鬼神衰。

头戴傩具翩翩舞，手拥康王声声嗨。

借得红烛烧纸船，送入江海云天外。

从此百姓远灾祸，人神相安不相害。

高凉儿女心胸广，敬天畏命俗不衰。

贫富一体相扶持，好心慈怀代传代。

齐心协力致富贵，挽手并肩闯世界。

粤西儿女千千万，人人具备好心怀。
中华民族五色土，茂名年例放异彩。
海外游子思故里，借此桑梓系情怀。
容颜虽改乡音在，子子孙孙去复来。
我与茂港心灵通，敬畏高山向大海。
每过此地心头暖，把酒临风笑颜开。
山重水复千秋越，斗转星移风物改。
唯此民俗年年盛，南海明珠大舞台。

黔阳印象

（二〇一八年十月九日）

水险山高天路飚，雪峰翻越到黔阳。
伏波将军岩前死，无忌宰相水边亡。
会同溪涧漂竹筏，芷江盛典载牌坊。
稻谷杂交人间饱，柑橘甜爽天下扬。
山灵水秀人物美，阳光雨露恩情长。
碧波荡漾连江海，高铁飞驰舞凤凰。

念山东弟子

（二〇一八年十月十七日）

齐鲁苍茫有神灵，儒家故里义薄云。
泰山极顶参天地，大海蓬莱望东瀛。
乐毅诸葛师守律，清臣逸少帖成名。
栖身寒舍心无悔，雨打风吹总系情。

重阳节偶感

（二〇一八年十月十七日）

戊戌重阳节，北风扫南方。人穷志气短，马瘦毛儿长。
身贱言卑微，心愁胆易寒。眼观大小事，口诵即成章。
贤妻眼前笑，儿孙远方安。诗文传长久，借此享天年。

西湖歌舞

（二〇一八年十月十八日）

西子风光入眼来，心随碧浪久徘徊。

雷峰塔上灵光照，绿柳堤边众客排。

钟鼓南屏颂秋声，歌舞北肆畅情怀。

纤纤玉手轻轻抚，软语香风醉云彩。

寄赣中学子

（二〇一八年十月二十日）

罗霄莽莽彩云间，赣水汤汤入大江。

八角亭中消永夜，郁孤台下望曙光。

道姑山岭心随海，庭院柑橘果飘香。

绽放杜鹃三千里，映红华夏九州天。

空中菜园

（二〇一八年十月二十日）

妹子西村绣彩云，房屋顶上巧耕耘。

果蔬青翠家自享，丹桂飘香宾客闻。

劳作仙妹人不见，润滋雨露迹能寻。

居高临下微微笑，洒向人间款款情。

戏赠山东弟子

（二〇一八年十月二十六日）

胶东半岛名优丰，苹果樱桃次第登。

齐鲁民俗多义气，物流快递驾春风。

海洋酿造琼浆酒，龙口潜藏金玉钟。

从此不能高调语，担心弟子卖山东。

柏乔先生

（二〇一八年十月二十七日）

东莞黄江路畅平，身轻气爽访贵人。

西山云雾乔柏翠，南海波涛菩萨灵。

伟业金科根稳固，深情赤子意和醇。

烹茶煮酒挥香墨，神交诗书世纪情。

叹李咏

（二〇一八年十月三十日）

荧屏熠熠放光芒，何故匆匆弃闹场。

笑貌音容依旧在，心神魂魄已飘扬。

茫茫过客人如戏，滚滚红尘梦正酣。

远走高飞忧乐事，劝君少骂去国郎。

石鼓书院

（二〇一八年十一月一日）

石鼓书院何其怪，鼓点无声卷未开。

三条河流绕寿岳，一支文脉育湘才。

背依粤桂添灵秀，面向荆楚放异彩。

神州陆沉圣贤起，开天辟地壮情怀。

念潇湘

（二〇一八年十一月四日）

借用仙君妙画张，启发思绪万千端。

潇湘奋迹三十载，梦境飞翔一瞬间。

信手笔笺留美意，随心云梦起波澜。

遥知故里江山秀，寄语芙蓉稻谷香。

手机微信名利场

（二〇一八年十一月五日）

通信技术往前赶，手机微信叮咚响。

海角天涯若比邻，近在咫尺不来往。

相思亲友勤顾念，联络感情动指掌。

安身立命谋发展，理财购物随心想。

工作学习信息化，忽略手机难补偿。

在商言商开网店，生意兴隆全靠网。

政治学习新模式，思想教育紧跟党。

生活学习图便利，衣食住行一张网。

姑娘小伙急先锋，有恃无恐向前闯。

手机扫码单车动，饥肠辘辘外卖点。

谁知快餐卫生差，臭水横流小作坊。

外卖小哥进城来，人地生疏够大胆。

大街小巷胡乱窜，埋头手机不怕撞。

巴士地铁人挤人，见缝插针亮巴掌。

倘若事故突然至，头破血流不及想。

奈何老夫手眼笨，滚滚洪流难跟趟。

静思细想何所惧，手机微信名利场。

丰功伟绩喋喋颂，生怕别人没长眼。

大事小情多炫耀，宣示自我存在感。

败走麦城风不透，修墙补洞忙遮挡。

更有高手巧利用，广告信息诈骗狂。

买车卖房兼贷款，招嫖邀赌黑又黄。

劝君手指莫乱点，点则粘上屎壳郎。

幸灾乐祸滔滔语，垂头丧气无声响。

相互吹捧献谄媚，呼朋唤友结死党。

遽生遽灭遽然退，无影无踪无思想。

时代列车飞驰疾，众生疲惫丢魂胆。

但愿众生悠悠过，趋利避害细细想。

积极拥抱新技术，有而少用方为上。
两千年前老子言，智慧依然放光芒。
动静相宜安平泰，丰衣足食享天然。
书罢此篇时令变，退却秋装换冬氅。

宝庆儿女

（二〇一八年十一月六日）

山顶雪峰雨化云，层层仙雾往上腾。
山前山后风光好，城外城中气象新。
杜鹃花开香艳美，干戈藏隐玉帛灵。
三湘滋润长江水，华夏称奇宝庆人。

会高郎

（二〇一八年十一月十日）

转瞬春秋忆雕梁，京西地道战时房。
万泉河畔冰凌脆，跃进楼中夜话长。
此后一别分晋粤，而今再聚向安详。
犹闻黉宇集结号，和煦春风绕殿堂。

东江水

（二〇一八年十一月十三日）

太初何人当空扫，纵横万里划沟壕。
东西五岭腾细浪，南北一线贯罗霄。
恰逢四维交会处，云蒸雾蔚紫气绕。
东江源头一滴水，滋润群山涌绿潮。
新丰遍野稻粱熟，龙川古邑恩惠牢。
杜鹃花开燃火焰，碉楼墙围防寇盗。
千万年来水自流，注入大海起波涛。
而今穿山越岭去，相拥珠江乐陶陶。
清流涌入粤港城，滋养生灵亿万兆。
晶莹剔透色纯净，甘甜可口味道好。

污泥浊水相形愧，何不学我自逍遥。

待到山清水秀日，何愁东江独奔劳。

荣登千家万户门，送水人员功劳高。

走街过巷车流挤，爬坡上楼精力耗。

手提肩扛腰背累，口干舌燥热汗冒。

叮咚一声门铃响，有求必应清泉到。

不问客户荣枯事，竭诚服务记心脑。

清流无意辨贫富，和颜悦色伴春潮。

谁知送水员工苦，甘露一滴解疲劳。

千里东江情谊浓，绿水不败人不老。

杭州一望空

（二〇一八年十一月十七日）

登上北高峰，杭州一望空。西湖盈碧水，之江飘彩虹。

满山黄叶挂，灵隐佛寺中。开门红叶笑，入山人流涌。

郁郁桂子秀，袅袅香气浓。阵阵翰墨香，千秋诗书荣。

悠悠钟鼓声，缈缈微风送。寂寂沙门者，阵阵诵经洪。

虔虔上香客，步步跪拜重。芸芸众生至，频频祈福同。

菩萨微睁眼，悲悯可怜虫。茫茫人世间，色空自从容。

浙赣风雪路

（二〇一八年十一月二十七日）

巴人教授妙辞章，拨弄情思迭浪翻。

浙赣温馨风雪路，潇湘奋迹化诗篇。

江山依旧容颜改，门户新生喜悦添。

恬淡清和无所欲，习文舞墨效龙川。

向君花城会

（二〇一八年十二月一日）

花城广场堪称奇，鳞次栉比高楼立。

东西二塔相对应，欲攀青天争高低。

花树十里叠彩翠，珠江一线涌金辉。

有朋远自京都来，久别重逢喜相聚。

我以诗书奉挚友，丹心碧血世间稀。

清波荡漾涛声远，白云缭绕山影迷。

金风玉露偶相遇，胜却人间万千意。

附：向松祚《羊城逢蔡兄》

（二〇一八年十二月二日）

湘潭聚首未能忘，粤海重逢百花香。

珠水岸边舒彩卷，白云山下启华章。

常吟诗篇学诗山，勤练书法学颜王。

久久为功成大器，精神财富万年长。

心中升明月

（二〇一八年十二月八日）

时令冬飞雪，仕女诗偶得。男士复如何，越洋有追客。

君子意志坚，困苦不能说。富贵非所求，心血付事业。

非为一己荣，兼顾家与国。学问待究竟，循路修道德。

风轻云淡时，心中升明月。长啸唤风雨，静观嚣尘灭。

袅袅诗意飞，锦绣篇章得。再借三千岁，环球同凉热。

兰亭探幽二首

其一

（二〇一八年十二月九日）

佳时胜景访兰亭，妙意飘摇何处寻。

百态人生眼底过，一体古今笔中呈。

悟言陋室求真谛，放浪形骸探幽情。

生死寿天咏叹调，纷繁世道启来人。

其二

（二〇一八年十二月十二日）

日习兰亭一幅书，风清气爽心神舒。

满天霞彩云飘荡，遍地芬芳锦绣织。

时刻欣赏颜氏体，终生仿效王羲之。

清冷沧浪三千水，鼹鼠润心仅一匙。

诗书天成

（二〇一八年十二月十日）

诗书可遇不可求，妙想奇思不自由。

年少轻狂胡乱写，老来稳重任意涂。

文章天地蛰伏久，灵感心间闪电游。

处世无为连皓月，风云变幻鬼神休。

老来何求利与名

（二〇一八年十二月十八日）

视履考祥一语横，人生老少意态陈。

回顾往昔心未老，开拓前程属新人。

秋风飒飒飘零叶，春意冉冉蓬勃情。

潇洒红尘天地见，息影林泉燕雀吟。

人生一页风吹过，诗书数行世留存。

何必刻意自显摆，永无休止求利名。
南北天空飞铁鸟，东西华堂唱凤鸣。
红包奖金双眼望，银牌金杯只手擎。
晨昏颠倒心智乱，头脑晕眩脚步沉。
掌声响起心头热，歌舞谢幕胸中冷。
可怜数月半载后，游丝一息病榻吟。
世风浮华声光电，义理坚实星月辰。
功名利禄终生误，虚静淡和意气平。
悠悠岁月天地广，默默耕耘春秋明。
奇思妙想怪诞语，但愿诸君充耳闻。

冬至羊城

（二〇一八年十二月二十二日）
冬至羊城满绿篱，花开圣诞沁心脾。
岭南温润春潮早，塞北严寒冰雪奇。
气爽身轻游尘世，云行雨施护花泥。
芳华熠熠风姿朗，神采翩翩众悦怡。

和谐圣诞节

（二〇一八年十二月二十五日）
天地玄黄迷雾深，神州文化润泉根。
坚船利炮开门户，发愤图强救自身。
圣诞佳节平安夜，咖啡美酒碧玉樽。
东西合璧和谐景，上帝天王各自尊。
圣诞良宵夜出行，流光溢彩天河城。
高楼大厦披虹霰，火树银花招游人。
靓女俊郎心连手，甜言蜜语声传情。
祖孙三代观光乐，色舞眉飞喜气盈。

研修班学员

（二〇一八年十二月二十六日）

挑肥拣瘦不由人，半载同窗总有情。

船到江中划急桨，心念全家献殷诚。

绿树夏日花枝满，落叶秋风骨干存。

听任波涛心态静，酒香茶热绕门庭。

路可教授

（二〇一八年十二月二十八日）

金发碧眼神州客，古都春风入穗城。

珠水波涛呈微笑，云山学子奉真情。

俄州瑞雪纷飞日，友谊温馨依旧存。

挥手时光十五载，诗书寄托西方云。

诗路暨南园

（二〇一八年十二月二十九日）

广州城外石牌东，暨大园中树葱茏。

白日人流潮浪起，夜晚鸟语路途空。

偶尔信步逍遥走，巧得诗心逐渐浓。

或遇同龄三五个，欢声笑谈伴轻风。

勿忘老新闻

（二〇一八年十二月二十九日）

风云际会喜羊城，桂树飘香结友情。

花果山前龙蛇舞，飞鹅岭上凤凰鸣。

招来男女年轻客，培育传媒优质人。

咫尺天涯春色远，心中勿忘老新闻。

元旦学颜书

（二〇一八年十二月二十九日）

斗转星移越千年，一星灿烂碧空悬。

鲁公笔墨赏真迹，几净窗明识前贤。

横平竖直品相正，银钩金弯意态娴。

藏锋入沙形难见，闪电裂空势无前。

门庭开阔珠帘秀，筋骨强健玉石园。

眼观手追心向往，和风细雨润砚田。

登广州塔

（二〇一九年一月三日）

元旦夜幕降羊城，广州高塔一登临。

电梯直升三千尺，缆车环顾百里城。

举目苍穹繁星闪，俯首大地灯火明。

长虹九座南北跨，珠江一线东西横。

花城广场铺锦绣，商贸大厦飘紫云。

流光溢彩花月夜，欢声笑语广州人。

闺蜜

（二〇一九年一月四日）

兰桂芬芳瑞锦盈，知心闺蜜有真情。

小家碧玉衣食富，大学诗书气质纯。

雨露阳光三九暖，春花秋月四时平。

大洋两岸谋发展，岁月悠悠享泰宁。

诗酒茶

（二〇一九年一月八日）

美酒和醇喜气盈，香茗淡雅紫云腾。
西山宝藏通灵玉，东海潜修毓锦鳞。
展翅飞翔南粤趣，挥毫点染岭表情。
诗书唱和心相悦，笑看天下现太平。

新闻诗

（二〇一九年一月九日）

风云变幻不安居，一入眼帘动幽思。
地有奇物盛名远，事以人名光环炙。
笑看天下新奇态，萦怀世道不平时。
激情奔涌随心意，秃笔挥发趣味辞。
朋友戏称时尚体，俯拾皆是新闻诗。

书稼冲

（二〇一九年一月十三日）

背山面水望长江，狮岭巍巍一线牵。
万里波涛流入海，百年足迹肇此间。
诗书礼乐怀祖训，困苦艰难咒逝川。
物是人非今安在，清风浩荡抚乡桑。

羞求晚辈

（二〇一九年一月十九日）

快意诗书喜乐章，奈何五斗腰折弯。
科研教学须查核，酷暑严冬待过关。
岂可羞颜求晚辈，依然破帽挡秋霜。
不如挂甲南山去，撕片白云作套装。

黄大仙

（二〇一九年一月二十三日）

万木霜天红烂漫，艳阳高照闪金光。

鲲鹏展翅学高调，鸦雀齐声颂圣腔。

古树根节盘错处，黄仙打洞钻山王。

偷窥鸡仔叼着走，遁入深山奉爹娘。

虚实两首诗

（二〇一九年一月二十四日）

近日得来两首诗，一为实在一为虚。

实情磊落身存计，虚幻飘然天下思。

食品衣服滋身体，星辰日月长知识。

家国情义休戚共，风雨人生一页书。

书颜体

（二〇一九年一月二十五日）

活手舒心呈挚友，吞云吐雾巨澜流。

温和厚重藏精致，激越慷慨去忧愁。

书艺何曾分国界，东瀛自古尊师由。

可怜几多心虚客，宁为灰烬归净土。

诗集书后

（二〇一九年一月二十六日）

日月相牵手，默然往前走。岁末年初至，凡事宜细数。

人群四散去，拖家又带口。千里回故乡，父母解忧愁。

超然无所事，羊城身留守。日夜诗书乐，结集献亲友。

耗时千余日，得诗六百首。装订成四册，手笨面目丑。

亲友关怀细，一一记心头。巧遇情缘合，新奇入诗由。

用心细寻找，芳名诗书留。上至军国事，下及城乡游。

前后数千载，纵横满地球。凡属新奇者，悄然入心畴。

奔腾心潮涌，清泉笔下流。赞颂真善美，鞭笞假恶丑。
难免情愤激，偏颇抑或有。姑念心智洁，私下不结仇。
诗书本无体，舒心悦耳口。逐渐合平仄，自觉有缘由。
开阖动口舌，音韵在里头。格律天地生，意志争自由。
不可辞害意，牢笼抛绣球。记事状人物，丰腴萧索瘦。
写景抒情意，放荡心身游。情怀挟风雨，诗绪卷潮流。
一入诗言志，彩霞天际浮。生机勃然发，春风绕高楼。
朋友笑口开，撕碎任风揉。碧波浪淘沙，片叶待春秋。

抄书乐
（二〇一九年二月二日）

天资愚钝喜抄书，手稳眼明意象舒。
抄罢老子抄庄子，录完古诗录今诗。
闲暇无事聆贤圣，寂静有得解迷痴。
三伏炎热三九冷，鞍前马后听吹嘘。

张家数枝梅
（二〇一九年二月三日）

北风呼啸众芳藏，独有梅花暗自香。
不慕春光红杏好，难崇国色牡丹狂。
含苞雨雪徐徐展，绽蕊枝头默默欢。
吸纳乡间山水气，轻舒仙臂向云天。

行花街
（二〇一九年二月四日）

戊戌腊月二十九，广州花市走一走。
广府商业源发地，千百年来呈锦绣。
彩旗半空悠悠展，人流满地密密游。
仙乐阵阵声浪起，华灯灿灿色彩柔。
沿街鳞比建花档，姹紫嫣红绕画楼。
眉飞色舞相逢笑，冬去春来岁月流。

百合花开香艳美，五子登科拔头筹。
年橘挂果满身金，蜡梅飞雪上枝头。
风筝翻飞灯笼转，红唇舔贴糖葫芦。
金凤展翅送瑞气，肥豚丰润献彩球。
商贩乘机抬高价，游客随兴降低筹。
双方满意开口笑，和气生财挥衣袖。
辞旧迎新三十载，南粤花市倩影留。
妻女相伴心意暖，青丝荏苒渐白头。
曾忆高朋同游乐，手舞足蹈赞连口。
广纳天涯中外客，不虚到此一日游。
客人御风向四方，鲜花随香满五洲。
借得广府千年秀，姑且自封湘粤侯。
手持鲜花陶陶乐，意纳祥和款款收。
欢声笑语归春色，瑞室祥和展宏图。
回眸娇妻人未老，点染笑颜花枝头。

新春寄友人

（二〇一九年二月五日）

廿载相交情义佳，艰难困苦共一家。
朝夕同处象牙塔，日月殊途宝马车。
平步青云君意乐，怡情书翰眼睛花。
风平浪静休闲至，闽越古国看晚霞。

光明圣踪

（二〇一九年二月六日）

莽莽群山入太空，云遮雾绕偶藏峰。
纵横幽径通荒野，浪漫花枝舞细风。
费力劳形无倦意，冥思苦想有神功。
静心顿觉苍穹爽，一片光明现圣踪。

山居夜读

（二〇一九年二月七日）

青灯黄卷夜读书，鸟唱凤和人未知。
远眺东江浮金色，近观西岭炫琼枝。
轻言细语香茗至，悦目赏心慧意驰。
绕室三匝信步走，欣然命笔赋成诗。

笑弹春江花月夜

（二〇一九年二月九日）

大年初三闲无事，挥毫舞墨抄唐诗。
开篇春江花月夜，作者大名张若虚。
使君隋末唐初人，生平事迹不得知。
诗作何地为背景，具体究竟在何时。
姑且大胆作假设，小心求证兼吹嘘。
地为江湖通海处，时约仲春将暮迟。
事涉离人怀游子，战乱初平戍边士。
九江扬州似而非，碣石潇湘有明示。
故此大胆推演出，原本唐初岳州事。
作者维扬潇湘客，宦游洞庭发奇诗。
千年时光藏海雾，春花秋月无瑕疵。
大抵诗从心中出，写景抒情性录舒。
小子无知亦无畏，唯恐笔墨惹官司。
心系云梦追彩霞，笑弹不可当饭吃。

学写经文

（二〇一九年二月十二日）

净几明窗敬意诚，心灵手巧写经文。
探求人世真善美，体悟书家精气神。
无欲无私高境界，有情有义妙诗魂。
春风温润吹华夏，秋水晶莹显太平。

水浒英雄图

（二〇一九年二月十四日）

大宋王朝运坎坷，金瓯未全西北坡。

孤儿寡母含泪别，仁兄难弟拥袍坐。

牢骚可免一生死，流放自成百代歌。

边关烽火连天地，域内手足竞干戈。

背井离乡百姓苦，刀光剑影豪杰多。

江山美人英雄爱，物华天宝盗贼夺。

本有圣贤光田月，艰难困苦痛心窝。

自信丹青传世宝，忘记漠河画麻雀。

唐诗信手抄

（二〇一九年二月二十二日）

喜爱唐诗信手抄，烟波浩渺献渔樵。

衣食饱暖三春树，思绪飘零四海潮。

染墨挥毫惜气力，吞云吐雾仿离骚。

繁花细蕊勤撷采，偶纵豪情拥浪涛。

书艺妙境

（二〇一九年二月二十二日）

跋山涉水到瑶台，无边光景夺目开。

摇曳仙子呈妙舞，悠扬梵曲悦情怀。

经书玄奥传天意，笔墨清新放异彩。

谦谦君子临宠翰，悠悠天趣自然来。

顺庆抒怀

（二〇一九年二月二十四日）

正月二十冷雨飘，潇湘北望路遥迢。

情怀甲子思父母，心系云霞念波涛。

歌赋诗词翻手看，亲疏远近任兴挑。

拍砖灌水余心乐，跳舞唱歌妻艺高。

重温李娜歌曲

（二〇一九年二月二十六日）

好词好曲好声音，妙境妙情妙戏文。

风雨文革成逝梦，温情大地换新春。

时节清苦心神爽，岁月丰盈物欲横。

熠熠星光飘荡去，青灯黄卷伴圣明。

校园春早

（二〇一九年二月二十八日）

寒凝大地景难开，苦雨凄风孕蓓蕾。

树间忽闻仙子笑，心头顿觉暖流回。

花红柳绿争明艳，雀跃人欢舞翠微。

网购电游催外卖，追风逐浪紧跟随。

俄州忆旧

（二〇一九年三月一日）

聚物艰辛弃置难，扫描目光十年前。

身居俄邑观丰雪，情系神州念故园。

友谊温馨开教席，言谈冷静辨端详。

英雄莫道当年勇，万水千山总不忘。

龙脊瑶乡

（二〇一九年三月二日）

瑶姐七十无白发，衣食自然山水佳。

层层山岭接云彩，涓涓溪流访天涯。

远遁广州千重雾，近现龙脊万重花。

放歌高岭抒豪气，笑谈人生不自嗟。

三八节

（二〇一九年三月八日）

何曾天地有高低，男女尊卑岂怪奇。

武后则天开盛世，木兰从戎掩雌迷。

开山劈岭舒豪气，反腐倡廉布铁篱。

歌舞升平花艳美，环球妙曼展红旗。

学人写经

（二〇一九年三月九日）

金刚般若波罗蜜，细雨和风布妙机。

手写眼观心美慕，神清气爽意翻飞。

荒腔走板生差错，丧气垂头痛心扉。

凝聚精神重起步，一轴掩卷紧腰衣。

朱德生教授

（二〇一九年三月十日）

盛典高歌干彩云，未名湖畔逝英灵。

苍天欲哭江南雨，草木含悲塞北情。

坦荡胸怀无愧怍，辛勤著述有公评。

声名岂在桂冠显，一笑傲然悯世人。

山西映像

（二〇一九年三月十七日）

九曲黄河水，太原天下城。三晋华夏秀，五台菩萨灵。
太行虎踞高，域中谁不平。云岗琢石窟，飞阁拥彩云。
碑林错落致，朱蔡献殷情。杏花酿美酒，香飘竹叶青。
清徐老陈醋，孕育晋人魂。文公历艰苦，春秋霸业成。
绵山介子推，功成不居名。隋唐豪杰众，秦王一剑平。
美人亦多有，山清水秀灵。貂蝉将出世，桃花闭芳名。
武后一入宫，衣被三代人。则天千古帝，盛世开太平。
历代多豪杰，中外皆无伦。诗书文明礼，三晋中华魂。
晋人多好客，相交有真情。言行守信用，商旅天下行。
财源深发掘，煤炭中外倾。地下宝藏多，挖空方消停。
输出血与肉，换来几吊银。滋润官商者，穷苦老百姓。
自古官吏贪，如今更横行。反腐风暴起，班房囚徒盈。
老虎苍蝇去，府衙几关门。凡此痛心扉，岂怨山西民。
山西民纯朴，好友胜似云。敬仰高君阔，大学掌门人。
京华居陋室，结交一世情。盛情屡相邀，参拜晋中灵。
粤中遇挚友，亦为山西人。青壮游天下，老来好安宁。
山西未能至，或许憾终生。偶尔心思动，梦中一驾临。
诗情寄山水，心身自然存。俯仰无愧怍，遥寄一片云。

圣贤书意

（二〇一九年三月二十六日）

书法鲁郡公，十载尺寸功。鹡鸰歇高枝，鼹鼠打深洞。
空中望云彩，井底观太空。云彩分五色，枝叶拂清风。
金星恋银月，珠帘护秀容。父子尊卑别，兄弟手足同。
宽松待宾客，严谨守中宫。外观润如玉，内审坚似铜。
圣贤千秋意，承传舞东风。心随广袖舞，天地飞彩虹。

点赞林璎

（二〇一九年三月二十一日）

天成碧玉不浮夸，云岭深山富贵家。

血脉祖传称优秀，纯真亲历放光华。

灵感躁动神仙佑，意志安宁溢彩霞。

命运难得随欲顺，一丝精巧誉无涯。

优胜诗词书后

（二〇一九年三月二十二日）

优胜诗词一册收，细心书罢变白头。

金科伟业襄鸿举，碧玉梧桐引凤游。

淡雅清新南粤景，雄浑壮阔北国图。

舒展长袖交差去，取悦仙妻助笑由。

戏赠书友

（二〇一九年三月二十六日）

著述岂为保暖谋，精微洁净系心头。

身居陋室人卑贱，神骋仙途意漫游。

网友点评飘异彩，鲸鱼吸水遏飞舟。

平川漫漫悠然过，灿烂山花亮眼球。

黄鹂唤侣来

（二〇一九年三月三十日）

春情浮动山花绽，枝叶黄鹂唤侣来。

接耳交头传暧昧，挤眉弄眼送情怀。

忽闻天际惊雷起，陡见林间骤雨筛。

薄暮黄昏人隐蔽，星徽铁臂一排排。

悠斋仙客

（二〇一九年三月三十一日）

悠斋有仙客，神气甚优越。脸色如玉润，双目挂明月。
青布长衣衫，飘飘若飞跃。笑问客何来，罗浮山中歇。
素餐饮琼汁，腥味不沾舌。辟谷幽岩中，旬日免见客。
偶尔入尘世，兼购纸笔墨。高官富豪邸，奉为座上客。
人间烟火燥，众生面土色。男儿欲念多，心身难自扼。
晨昏相颠倒，日夜淆黑白。女士爱美容，铅华掩肤色。
人前显艳美，背后自叹息。凡此市井人，形衰少魂魄。
悠斋生光彩，优游两世界。高校名教授，拜官入政协。
书坛一方主，星光耀南粤。授业生徒广，引导有法则。
闲情访道友，名山追彩蝶。彩云满衣袖，仙雾迎贵客。
珠江泛异彩，雅居缥瑞瑟。宾主尽欢颜，酒酣耳朵热。
衣食无忧虑，身心俱愉悦。悲悯显爱心，民隐勤关切。
三年五载后，声名斐全国。为学多善美，求道自不惑。
居高声自远，名利千秋结。动静观真谛，独创唯自觉。
飘飘沙鸥举，自由谁能缚。德业何所似，留待后人说。

贤相

（二〇一九年四月三日）

悠久文明智慧多，竞存败亡叹如何。
柔情漂染三江水，铁臂削平五岭坡。
伊尹子牙拥圣主，秦皇汉武护邪阿。
心身囹圄丰碑在，天下沧桑百代歌。

念四川
（二〇一九年四月五日）

万里西天裂彩云，挟雷裹电向东行。

汶川大地颤痕在，木里高山烈焰腾。

时至清明挥泪雨，情系巴蜀哀生灵。

可惜天府神仙众，金顶草堂尚安宁。

浓茶烈酒荡诗情
（二〇一九年四月七日）

浓茶醒神智，烈酒摧心肝。浓茶加烈酒，鼓荡成诗篇。

高凉新骑士，茶酒均称仙。深夜饮浓茶，诗绪舞翩跹。

自标诗高洁，炫耀朋友圈。白天喝烈酒，吸啜响如鞭。

举杯挥翰墨，狂草气神仙。曾闻故人言，儿时泥土香。

少年爱书画，一步想登天。青壮入羊城，困苦思改变。

朝随富儿车，夜拜官府殿。偶得高人庇，衣食不扰眠。

慢慢声名起，知己有红颜。官衙献春色，口舌酒肉填。

才华亦多有，更加拜尊贤。尊贤相提携，岭表入艺苑。

从此步步高，诗书起价钱。朋友相唱和，茶酒招待欢。

每有雅集会，酒巡三更天。茶酒应有度，不可漫无边。

物极必然反，唯恐伤丹田。有心伴明月，自可习经典。

修身靠自己，养性顺天然。借得圣贤意，静观天地旋。

清心无所欲，诗书代代传。以此诗书乐，足以享天年。

鄙陋见识短，真情意韵长。但愿君乐闻，友谊胜从前。

白山妙玉
（二〇一九年四月十一日）

闹中取静意深沉，绕室兰香似可闻。

妙玉白山千载种，碧波黑水万年腾。

曾经几度仰新月，转瞬一觉览艳灵。

春夏秋冬凌波曲，江河湖海伴真神。

东南西北飘零客，聚散离合总系情。

丝路花语

（二〇一九年四月十七日）

丝绸之路绚鲜花，中外古今共大家。

旭日东升西线亮，陶瓷北烤南疆奢。

贵宾席上金杯举，学术讲坛笑语哗。

山野闲居时日慢，眼追心慕到天涯。

一字之师

（二〇一九年四月二十三日）

诗兴愧怍迩来频，每有心得显示人。

亲友群言多鼓励，恩师一字见真情。

渊源潮汕荣华第，学府京畿富贵城。

借贷上苍三千载，惠风和煦过方门。

诗兴奋发

（二〇一九年四月二十六日）

触景生情诗兴奋，挥毫染墨赋成型。

感怀亲友含深意，体悟河山有温情。

浪涌波推随荡漾，风轻云淡任飞行。

再借上苍三千载，浅唱低吟凤鸟鸣。

数字诗书

（二〇一九年四月二十八日）

阴阳相交显神奇，数字诗书可探骊。

平仄森严诗韵味，等分概览字形肌。

你来我往遵规矩，东凑西拼乱眩迷。

造化精灵生万物，天空海阔梦中移。

人大新闻资料室

（二〇一九年四月二十九日）

红尘滚滚万马腾，水草丰盈各自争。
有色有声书卷气，无偏无倚紫云城。
西山红叶霜华染，东海碧波旭日临。
荏苒时光三十载，梦中飞越满堂春。

书艺妙招

（二〇一九年五月八日）

书艺何曾有妙招，芳心暗许向谁抛。
横平竖直结方框，燕瘦环肥映玉娇。
左右铺陈防体胖，高低贯注忌形佻。
弧行天下悬执笔，气韵平和任意飘。

西关半日游

（二〇一九年五月九日）

难得半日出书房，古道西关行影长。
探访恩宁铜艺铺，观赏粤剧木长廊。
京张铁路源詹府，灼见真知向大洋。
巧遇砚台稀罕物，欣然购入心随安。

古砚情缘

（二〇一九年五月九日）

古砚一方八百三，西关邂逅恩宁坊。
端州坑仔钟灵秀，广府豪门染墨香。
石质细匀犹玉润，风仪敦厚似山安。
感君情谊千秋种，呵护平生贻大方。

书道初成

（二〇一九年五月十日）

自觉书道初成型，感念晋唐有圣灵。
逸少宗师兼艳美，沈弘小楷竟绝尘。
鲁公精妙端庄雅，小子笨拙细密勤。
珠玉联合添秀色，风调雨顺自然成。

巴蜀舞诗灵

（二〇一九年五月十日）

春雨潇潇入砚田，九天仙子扣寒轩。
身披霞彩千丝缕，口唱新词百韵篇。
丹桂临风香大地，玉霖承露洒江天。
青莲东出夔门后，巴蜀诗灵再卷帘。

寺庙江山

（二〇一九年五月十一日）

西水背山一寺庙，不知建筑几千年。
滔滔波浪欢歌去，隐隐峰峦肃默然。
战马嘶嘶成沃土，彩旗猎猎换新天。
红男绿女虔诚意，倒海翻江卷巨澜。

京华名流

（二〇一九年五月十四日）

凛然傲雪识仁兄，世纪风云不轻松。
千里潇湘呈锦绣，一片华夏架霓虹。
向洋冷眼观风雨，寻理真情念祖宗。
感慨人心同义气，何须绿野觅仙踪。

仙客辟谷

（二〇一九年五月十六日）

辟谷深山意蕴娴，神清气爽道袍长。
成排绿树遮天色，布道鲜花吻履帮。
野菜山珍无腻味，邻居农舍善言谈。
怀揣翠岭清新景，脚步轻盈下雾裳。

信徒雅集

（二〇一九年五月十七日）

真士堂中生瑞气，华章秋水满壶提。
莹莹皓月当空照，黝黝层林鸟雀啼。
盈室信徒皆褐色，一群释老和稀泥。
烟云指掌挥弹趣，百岁人生似可疑。

再抄唐诗

（二〇一九年五月二十三日）

不会写诗会抄诗，抄诗同样起情思。
花开花谢无人睬，云卷云舒仅自知。
颠沛流离百姓苦，骄奢淫逸帝王虚。
丹心碧血今安在，渗入黄泥润绿枝。

黄江行七首

其一　雅集黄江

（二〇一九年五月二十二日）

风流儒雅众仙伦，鹤舞黄江紫气腾。
南北东西高曲调，山河湖海妙诗情。
金科伟业厅堂阔，幽境芙蓉圣迹灵。
点染南疆千里秀，平铺华夏万年春。

其二 诗情雨潇潇

（二〇一九年五月二十二日）

潇潇夜雨润黄江，锦绣南天现曙光。

莽莽巴山云追月，茫茫粤海雾飘香。

曾闻远祖桴波浪，暂借他乡作故乡。

但愿人神相愉悦，诗情画意谱新章。

其三 南北二女

（二〇一九年五月二十三日）

一北一南二女郎，金科红柳做衣裳。

会天细洒潇潇雨，滨海轻腾媛媛澜。

劳作辛勤何言苦，配合默契俱欢颜。

轻歌曼舞霓裳曲，莫道西边出太阳。

其四 一叶轻舟还

（二〇一九年五月二十四日）

一叶轻舟何日还，心身劳作苦奔忙。

西山红柳殷情重，南岭乔柏伟业长。

定海神针千艇竞，凌波妙舞二妃翔。

喜迎盛典功成日，碧玉琼浆任品尝。

其五 登宝山

（二〇一九年五月二十五日）

东莞黄江有宝山，独寻幽径往高攀。

峰峦起伏波涛涌，铁塔挺拔雾霭翻。

岭间一湖新月秀，水中群鹜旧情欢。

璀璨闹市低回首，放眼云天望故乡。

其六　金科园

（二〇一九年五月二十六日）

宝山苍翠砌高墙，玉臂护呵百顷园。

清涧扬波南入海，葛仙杖策北归山。

幽幽曲径亲芳草，朗朗华庭饰雕梁。

巨石如屏书伟业，金科园里驻春光。

其七　红叶诗群

（二〇一九年五月二十七日）

春风一夜醒诗魂，红叶西山炫密林。

星月朗朗神仙广，衣冠楚楚信徒诚。

有情抒意才华茂，无病呻吟气韵贫。

展翅高飞凌紫雾，何如打道转回程。

诗书三百页

（二〇一九年六月四日）

抄写诗书三百页，时值己亥粽香节。

挥毫染墨何言苦，筚路蓝衫慧智得。

荏苒韶华情谊满，苍茫山海浪峰叠。

悠然感叹歌一曲，追梦庄周化彩蝶。

附录

蔡铭泽著述目录一览表

著作：

种类	名称	出版社	出版时间	字数（万）
1	《中国国民党党报历史研究》	团结出版社	1998.9	25
	《中国国民党党报历史研究》	团结出版社	2013.3	25
	《中国国民党党报历史研究》	台湾花木兰出版社	2013.9	25
2	《中国新闻事业简史》	中国人民大学出版社	1995.11	10
3	《新闻学概论新编》	暨南大学出版社	1998.10	27
4	《中国近代史记》（参撰）	湖南人民出版社	1989.8	2
5	《中国革命史》（参撰）	吉林文史出版社	1989.8	2
6	《中华人民共和国实录》	吉林人民出版社	1992.10	10
7	《新闻传播学》	暨南大学出版社	2003.9	25
8	《新闻学概论新编》（第二版）	暨南大学出版社	2004.7	27
9	《〈向导〉周报研究》	福建人民出版社	2004.8	15
10	《新闻法规与职业道德教程》	复旦大学出版社	2003.9	5
11	《广东省社科志·新闻学》	广东人民出版社	2004.6	3
12	《新闻春秋》论文集（副主编）	四川人民出版社	2003.6	20
13	《新时期广东报业发展研究》	福建人民出版社	2006.4	30
14	《新闻细语》	南方日报出版社	2007.4	20
15	《新闻传播学》（修订本）	暨南大学出版社	2007.12	30
16	《新闻传播学》（第三版）	暨南大学出版社	2010.9	30
17	《新闻传播学》（第四版）	暨南大学出版社	2015.6	30
18	《兴稼细语》	暨南大学出版社	2012.2	20
19	《兴稼传播史论集》	暨南大学出版社	2012.12	34
20	《兴稼细语》（增订版）	暨南大学出版社	2015.6	19
21	《兴稼细语》（第三版）	暨南大学出版社	2016.12	22
22	《兴稼诗文》	暨南大学出版社	2019.8	25

论文：

种类	名称	出版社（刊物）	发表时间（卷期）	字数（万）
1	邓中夏和早期工人运动	工人日报	1980.10.19	0.3
2	评陈独秀的两篇重要文章	湘潭大学学报	1983.3	0.9
3	向警予研究中的几个问题	求索杂志	1985.5	0.5
4	论共产党在一战中的策略	湘潭大学学报	1986.4	0.9
5	《向导》周报几个问题的辨析	党史研究资料	1987.5	0.4
6	论陈独秀右倾错误的原因	湘潭大学学报	1987.增刊	1.1
7	评《爱国将军冯玉祥》	民国档案	1988.2	0.3
8	谁锁住了真理的声音？	社会科学报	1989.1.19	0.2
9	近代中国农民的历史变迁	湘潭大学学报	1989.2	0.9
10	论《向导》周报对一战的指导	新闻研究资料	1989.6	1.1
11	论《向导》对革命的理论贡献	湘潭大学学报	1991.3	0.9
12	《向导》为何未刊完农考报告	新闻研究资料	1991.8	0.4
13	报禁解除后的台湾报界	新闻出版报	1992.2.19	0.3
14	中国国民党党报述略	新闻研究资料	1992.3	1.6
15	台湾"报禁"纵横谈	编辑之友	1992.6	0.7
16	论《向导》对北伐的指导	《向导》70年文集	1992.7	1.5
17	上海民国日报的法治宣传	新闻研究资料	1992.9	0.8
18	评《毛泽东的早年和晚年》	中共党史通讯	1993.4.10	0.1
19	抗战时期国民党报的发展	新闻大学	1993.6	1.1
20	论新闻界的反右派斗争	新闻研究资料	1993.6	1.1
21	江青批"武训"	山西发展导报	1993.12	0.4
22	论30年代的舆论环境	中国人民大学学报	1994.3	1.2
23	论国民党党报企业化经营	新闻大学	1994.4	0.6
24	论市场经济下新闻事业的发展	广州师范学院学报	1994.4	1.0
25	论国民党党报的特色	学人	1994.5	1.8
26	国民党地方党报建立和发展	广州师范学院学报	1995.1	1.0
27	论国民党党报企业化经营体制	新闻与传播研究	1995.2	1.2

（续上表）

种类	名称	出版社（刊物）	发表时间（卷期）	字数（万）
28	30 年代国民党新闻政策演变	新闻与传播研究	1996.2	1.2
29	《南风窗》杂志的精品意识	岭南新闻探索	1996.3	0.5
30	求真务实	岭南新闻探索	1998.1	0.5
31	抗战时期国民党人的新闻思想	新闻与传播研究	1998.3	0.9
32	专制主义政策与新闻自由运动	香港中华书局	1999.9	1.0
33	论新闻界的反右派斗争及其教训	新闻大学	2000.春	0.9
34	羊城报业新天地	新闻记者	2000.3	0.6
35	舆论监督"步步高"	新闻记者	2000.6	0.6
36	新闻规避：不可忽视的话题	新闻记者	2000.10	0.6
37	走出历史的迷雾：论新闻界的拨乱反正	新闻大学	2001.春	1.2
38	尊重记者的采访权	南方新闻研究	2001.1	0.3
39	"入世"与新闻教育的关系	岭南新闻探索	2001.1	0.7
40	把握时代脉搏，描绘南粤新篇	南方新闻研究	2001.3	1.1
41	增进市场意识，改进新闻教育	新闻大学	2001.冬	0.8
42	舆论监督与新闻规避论略	亚洲研究	2001.39	1.2
43	高歌唱大风	南方新闻研究	2002.3	0.8
44	高度如何决定影响力	南方新闻研究	2002.5	0.6
45	论新时期新闻批评的恢复和发展	新闻大学	2002.冬	0.6
46	羊城十日观报记	中国记者	2003.4	0.3
47	析广州三大报"非典"报道	新闻大学	2003.夏	0.6
48	新闻：从"批判"到"批评"	新闻春秋	2003.6	1.2
49	新闻改革学术研讨会年会总结	新闻春秋	2003.6	0.3
50	《头版头条的学问》序言	南方日报出版社	2003.9	0.7
51	《都市文萃》序言	花城出版社	2003.11	0.5
52	风雨现彩虹	岭南新闻探索	2004.3	0.7
53	展现西南出海大通道壮丽画卷	人民日报出版社	2004.3	0.5
54	增强市场意识，改进新闻教育	兰州大学出版社	2004.4	1.0
55	广东报业发展历程及其特色	新闻与传播评论	2004.10	1.8
56	新闻彰显人性美	策划大道	2004.11	0.5

（续上表）

种类	名称	出版社（刊物）	发表时间（卷期）	字数（万）
57	清丽高雅，赏心悦目	策划大道	2004.11	1.1
58	细微之处见精神	新闻界	2005.2	0.5
59	南方日报农业生产责任制报道	暨南学报	2005.2	0.8
60	彰显人文关怀，构建和谐社会	岭南新闻探索	2005.3	0.6
61	大人物看小节	新闻爱好者	2005.5	0.5
62	新闻学科建设要务实、创新	新闻与写作	2005.11	0.4
63	《老大无伤悲》序言	黑龙江人民出版社	2005.10	0.8
64	刑事案件报道中的人义关怀	新闻天地	2005.11	0.6
65	把春天留住	岭南新闻探索	2006.1	0.8
66	南宋理学家蔡元定生平考异	暨南学报	2006.5	1.0
67	陈谷书序	南方日报出版社	2006.7	0.4
68	关注·思考·成功	花城出版社	2006.7	0.4
69	新闻信息传情简论	岭南新闻探索	2007.专刊	0.8
70	好新闻的基本标准浅议	岭南新闻探索	2007.2	0.6
71	新闻美三谈	岭南新闻探索	2007.5	0.6
72	新闻美谈	新闻记者	2007.9	0.6
73	传播三论	岭南新闻探索	2008.1	0.6
74	文章天成	岭南新闻探索	2008.5	0.3
75	新闻信息传情论	福建师范大学学报	2009.1	0.8
76	老子传播思想探析	湘潭论坛	2012.6	1.2
77	蔡元定对朱熹理学之贡献	湖湘论坛	2013.6	1.0